익숙한 절망
불편한 희망

익숙한 절망
불편한 희망

서양 좌파가 말하는 한국 정치

DEMOCRACY DELAYED

DANIEL TUDOR
다니엘 튜더 지음
송정화 옮김

문학동네

"절망이 문제가 아냐. 절망은 받아들일 수 있어.
정말 견딜 수 없는 것은 희망이라고."

—영화 〈클락와이즈clockwise〉 중

PART 4
민주주의, 끝나지 않은 여정

: 머리말_ 다만 '정상'의 자리로 되돌려놓을 때

"제 말을 듣지 마세요." 내가 자주 하는 말이다. 강연자로 나서는 것을 좋아하지 않는 이유이기도 하다. 한국 사회는 서구인들이 한국을 어떻게 생각하는지에 필요 이상의 관심을 기울인다.

하지만 그렇다고 누가 나의 의견을 물을 때 답하지 않을 수도 없는 일이다. 내가 꼭 맞는 사람인지는 모르겠지만 감사하게도 지난 몇 년 동안 많은 사람이 나의 의견을 물어왔고 그래서 한국에 관한 글을 꽤 많이 쓰게 됐다. 어쩌면 너무 많이 썼는지도 모르겠다.

이제는 말을 행동으로 옮길 때가 온 것 같다. 그리고 당분간 이 책을 마지막으로 한동안은 한국에 대한 말을 아끼려 한다.

그렇다면 나는 무슨 말을 하고 싶어서 이 책을 썼을까? 한국의 정치적, 경제적 미래를 생각하면 여러 가지가 근심스럽기 때문이다. 독자들은 "당신이랑 무슨 상관입니까?"라고 물을지도 모르겠다. 그러면 나는 "한국에 애착을 느끼고, 한국에서 일어나는 일에 관심이 가니 신경을 쓰게 된다"는 대답밖에는 들려줄 수가 없다. 다만, 책을 읽고 나서 내 의견을 수용하거나, 거부하거나, 무시하는 것은 독자 여러분의 자유다.

이 책은 한국 정치의 문제점과 개선 방안을 고민하며 쓴 책이다. 최종 진단이나 해법을 제시하겠다기보다는, 관련 논의를 촉발시켰으면 하는 바람으로 썼다. 대다수 한국인은 정치를 '내 통제권 밖에서 일어나는 일이 나에게 미치는 영향' 정도로 여기는 것 같다. 하지만 나는 더 많은 사람들이 스스로 생각하고, 정치에 더 적극적으로 참여하면 좋겠다. 그런 의미에서 나는 이 책을 읽는 분들이 페이스북이나 트위터에 내 책의 일부를 그대로 인용하기보다는 어떤 점에서 내 의견에 동의하거나 동의하지 않는지 각자의 의견을 피력해주면 좋겠다.

이 책에서 가끔은 모든 쪽을 비판한 것 같다. 하지만 나의 비판을 개인적으로 받아들이지는 않았으면 좋겠다. 특정인을 지목해서 신랄하게 비판하는 방식의 글쓰기를 지양하려고 애썼다. 완벽한 사람은 없다. 나도 어떤 면에서는 나쁜 사람일 수 있고 사실 내가 제기한 문제들은 개인의 문제라기보다는 제도나 문화의 영향이 더 크다고 생각하기 때문이다. "선수를 미워하지 말고, 게임을 미워하라"는 미국 속담이 있다. 한국과 내 모국인 영국에도 적용할 수 있는 말이라고 생각한다.

유럽인이나 미국인이 한국의 문제점을 꼽으면 한국인은 보통 두 가지 반응을 보인다. 일부는 비판을 맹목적으로 받아들이면서 "부끄럽다" "나라 망신"이라는 식의 사대주의적 사고에서 비롯된 반응을 보이는 한편, "무슨 근거로 당신 나라가 더 우월하다고 생각합니까?"라고 반문하는 사람들도 있다.

나는 전자와 같은 반응을 달갑게 받아들이지 않는다. "내 말을 듣지 말라"고 하는 이유 중 하나이기도 하다. 나는 영국이 한국보다 우월한 나라라고 생각하지 않는다. 후자와 같은 반응에도 내 대답은 같다. 사실 한국에서 이제 막 불거지고 있는 문제들 중 영국에서는 이미 곪아 터지고 있는 문제도 많다. 이 책에 나오는 '다이어트 콜라 민주주의' 이야기나 울산, 창원과 같은 지역의 잠재적 일자리 문제 등은 이미 영국에서 그 심각성을 목도한 사람의 관점으로 쓴 것이며, 한국은 제발 그 전철을 밟지 않기를 간절히 바랄 뿐이다.

마지막으로, 이 책을 펼쳐든 당신께 감사드리고 싶다.

2015년 6월
다니엘 튜더

독자들은 의아해할지 모르나 한국은 아시아 최고의 정치 선진국이다. 단기간에 성숙한 민주주의와 눈부신 산업화를 이룩한 한국의 사례는 매우 이례적이다.

2012년 이코노미스트 인텔리전스 유닛EIU에 따르면 한국은 미국보다 한 단계, 일본보다 세 단계 높은 전 세계 20위의 민주주의 국가로, 유럽 국가와 비슷한 민주적 성숙도를 보인다.

"하지만 이것이 정점이라면?"

한국에 비판적인 사람으로 인식되고 싶지는 않다. 더구나 필자는 외국인이어서 섣불리 '비판'하지 않으려고 조심하는 편이다. 특정 사안에 대한 비판을 한국이라는 나라 전체에 대한 비판으로 받아들이는 사람들이 늘 있기 때문이다. 필자의 비판은 어디까지나 한국에 대한 우려이자 애정에서 비롯되었다. 건설적인 비평을 함으로써 한국의 발전에 조금이나마 긍정적으로 기여하고 싶은 필자의 진심을 믿어주기 바란다.

한국의 민주주의에 대해 우려할 것이 뭐 있느냐고 반문할지도 모른다. 그렇다고 해서 한국이 탱크를 앞세워 시위대를 무력 진압했던 과거로 회귀할지도 모른다는 말은 아니다. 그러나 한국 민주주의의 '질'이 훼손되고 있는 것은 사실이다. 한국의 정치 지형을 보면 민주주의가 지금보다 후퇴해 장기적으로는 일당 체제가 도래하는 상황까지도 상상할 수 있을 정도다. 진정한 민주주의가 실현되려면 자유로운 언론, 비정치적 공공기관, 정치 논의에 참여할 수 있는 능력을 갖춘 시민, 신뢰할 수 있는 공정 선거, 막강한 이익집단의 과도한 개입에 휘둘리지 않는 의사 결정 구조 등 다양한 요건이 갖춰져야 한다.

민주주의가 위기에 처했다

앞으로 몇 장에 걸쳐 퇴보하고 있는 한국 민주주의에 대해 좀더 자세히 논하고자 한다. 안타깝게도 전 세계적 추세 또한 우려할 만하다. 요즘 어느 시사 주간지에서나 민주주의가 위협받고 있다는 기사를 쉽게 찾아볼 수 있다. 2014년 『민주주의는 어떻게 망가지는가』*Democracy in*

Retreat』라는 책이 출간되었다. 저자 조슈아 컬랜칙Joshua Kurlantzick은 이 책에서 오랫동안 민주주의 투사 역할을 도맡아왔던 중산층이 민주주의에 심드렁해지고, 권위주의적일지라도 안정되고 유능한 정부를 선호하게 됐다고 주장한다.

정치적으로 불안한 태국이나 이집트에서 이미 일어난 일을 보면 저자의 주장이 타당한 듯하다. 권위주의 국가인 중국의 부상은 유혹적인 대안으로 떠올랐다. 중국공산당은 문화혁명을 일으키고, 톈안먼 광장에서 시위 군중을 무력 진압해 수많은 사상자를 냈으며, 수백만 명의 부패한 공직자를 거느리고 있지만 수억 명의 자국민을 빈곤에서 탈출시켰다. 하루하루 겨우 입에 풀칠하며 연명하는 필리핀, 인도, 인도네시아 등지의 빈곤층은 자국에서도 후진타오나 시진핑 같은 지도자가 나오길 바랄 것이다. 2014년 에델만 신뢰도 지표조사Edelman Trust Barometer에 따르면 79퍼센트에 달하는 중국인이 자국 정부를 신뢰하는 것으로 나타나, 중국은 아랍에미리트(중국과 마찬가지로 비민주주의 국가)와 더불어 국민의 정부 신뢰도 면에서 세계 공동 1위를 차지했다. 한국은 51퍼센트의 국민만이 정부를 신뢰하는 것으로 나타났다.

뿐만 아니라 박정희 스타일의 통치자들이 복고풍 유행처럼 번지고 있다. 예를 들어, 폴 카가메Paul Kagame 르완다 대통령은 박정희가 추진한 개발 지향적 권위주의를 신봉하며 사실상 동일한 철학을 기반으로 제한적이나마 성공을 이끌어내기도 했다. 현재 한국 정부 또한 콩고, 스리랑카, 몽골 같은 국가에 새마을운동을 적극 홍보하는 등 개발도상국에 '박정희주의'를 수출하는 것을 마다하지 않고 있다. 박근혜 대통령 당선 이후, 한국 정부기관에서 보내온 새마을운동 간담회 홍보 이메일이 내 앞으로 도착하기 시작했다. 가끔 외신에서 새마을운동에 대한 한국 정부의 과대선전이 나오는 것을 보며 짐작하건대, 필자가 더 이상 외신기자가 아닌 것을 알면서도 계속 홍보 이메일을 보내는 것 같다.

한국처럼 민주화와 산업화라는 두 마리 토끼를 다 잡은 사례는 점점 드물어지고 있다. 오랫동안 박정희에게 희망을 걸어온 개발도상국의 상황은 충분히 이해할 만하다. 하지만 그들은 박정희식 고속 성장과 권위주의 국가 시스템을 최종 목표로 삼을 뿐 그 이상은 보려고 하지 않는다.

그런가 하면 이미 부자 나라인 싱가포르는 개발도상국의 경제 성장률을 앞서고 있다. 자기 분야에 뛰어난 전문성을 갖춘 기술관료인 테크노크라트technocrat가 이끄는 유능한 권위주의 정부의 상징인 싱가포르는 국민의 73퍼센트가 정부를 신뢰하는 것으로 나타나 2014년 에델만 신뢰도 지표조사에서 세계 3위를 차지했다. 싱가포르는 서방에서도 눈부신 번영과 효율적인 국정운영을 달성한 국가로 널리 알려져 있다.

험난하고 우여곡절 많은 민주주의 체제의 '잡음'에 진력이 난 국민이라면 특히 싱가포르 모델을 좋아할 만하다. 한국은 정치 상황이 극단적일 뿐만 아니라 오랫동안 경제성장과 개발에 집착해왔다. 따라서 1인당 GDP 5만 달러를 달성할 수만 있다면 개방성을 희생하더라도 국정 안정을 꾀하는 편이 낫다고 판단할 수도 있다. 단순한 양자택일의 문제가 아닌데도 한국 입장에서는 솔깃할 만하다. 하지만 한국의 여건은 싱가포르와 다르다. 싱가포르는 전체 인구가 500만 명밖에 안

되는 효율적인 도시국가로서의 이점을 누리고 있을 뿐 아니라, 조세 도피처를 자처하며 상당한 부를 축적하고 있다(물론 다른 국가에는 해를 끼친다).

그렇다면 한국이 추구할 만한 이른바 '선진국'은 어디일까? 미국에 대해 이야기해보자. 미국의 민주주의 역시 난관에 봉착해 있다. 2013년 갤럽 조사에 따르면, 미국인의 42퍼센트만이 정부의 국정운영을 지지하는 것으로 나타나 역사상 최저치를 기록했다. 최근 갤럽 조사에 따르면 미국인 중 80퍼센트가 의회에 불만인 것으로 나타났다. 연방정부 '셧다운(일부 폐쇄)'을 피하려고 막판에 예산안을 합의하는 미국 의원들의 모습은 이제 일상사가 되었다. 대선 후원금으로 50만 달러를 기부하고 그 후보가 당선되면 '대사' 직함을 얻을 수 있는 곳이 미국 정치판이다. 주 헝가리 미국대사가 그런 방식으로 대사 직함을 얻었다.

또한 민주당이나 공화당 모두 로비스트의 영향권에서 자유롭지 못하다. 미국의 로비 활동은 2000년에서 2010년까지 10년간 두 배로 성장해 연간 30억 달러 규모에 달하는 산업이 되었다. 미국의 경제 규모를 생각하면 미미해 보일지 모르지만 그 액수를 상하원 의원 수로 나눠보면 미국에서 로비 활동의 입김이 왜 그렇게 센지 쉽게 알 수 있다. 미국에서 가장 문제가 많은 산업이 금융과 의료 분야다. 기생충 같은 이 두 산업의 로비 규모(연간 약 5억 달러)가 가장 큰 것도 우연이 아니다. 특수 이익집단은 의료비용을 상승시키고 공익을 저해하며, 미국 민주주의에 상처를 입히고 대마불사 은행에 결과적으로 풋옵션(매도할 권리)을 제공하고 있다.

미국은 '세금은 낮추고 정부 지출은 늘리는' 양립 불가능한 정책을 추진한 결과 장기적 적자에 시달리며 자국 민주주의의 약점을 여실히 드러냈다. 투자자이자 싱크탱크 설립자인 니콜라스 베르그루엔Nicolas Berggruen은 '소비자 민주주의consumer democracy'라는 표현을 쓴다. 소비자 민주주의란 정치인은 감세와 공공 지출 확대 경쟁에 몰두하고, 유권자는 그중에서 가장 후한 혜택을 약속하는 후보를 선택하는 시스템을 일컫는다. 달기만 할 뿐 영양가는 없으니 '다이어트 콜라 민주주의'라고 부를 수도 있겠다.

베르그루엔은 정부 마음대로 주요 결정을 내리는 권위주의 정부가 소비자 민주주의를 대체하는 상황을 막고 본연의 민주주의가 회복되길 바란다. 베르그루엔은 후퇴하고 있는 미국 민주주의의 현 상황뿐 아니라, 민주주의의 퇴보가 책임 있는 국정운영에 미치는 영향에 대해서도 우려한다. 타당한 지적이다. 베르그루엔의 싱크탱크가 있는 캘리포니아 주는 애플, 구글 등 성공적인 IT 기업을 거느리고 있음에도 재정 상황이 심각하다. 그도 그럴 것이 애플과 구글에 적용되는 실효 세율이 10퍼센트에도 미치지 못하기 때문이다. 구글은 세금을 적게 내지만 다른 면으로는 후하다. 2013년 기준 미국 로비 시장의 '큰손' 기업 8위에 등극했으니 말이다.

유럽

미국의 다이어트 콜라 민주주의가 심각하긴 하지만 유럽의 국가 재정 위기에 비하면 미국의 상황은 모범적으로 보일 정도다. 2008년 유럽의 국가 부채 위기로 아일랜드와 아이슬란드에서는 은행과 정치인의 유착이 극심해졌을 뿐 아니라 그리스(2009년 그리스의 재정 적자 규모는 GDP의 15.4퍼센트에 달했다)를 비롯한 '피그스(PIIGS. 포르투갈, 이탈리아, 아일랜드, 그리스, 스페인)' 국가의 다이어트 콜라 민주주의의 전모가 온 천하에 드러났다.

현재 유럽 전역에는 극우 르네상스 시대가 도래했다. 이는 유권자들이 주류 민주정치에 의문을 제기하고 있음을 보여주는 명확한 징조다. 2014년 4월 헝가리 국회의원 선거에서는 신新나치 정당으로 분류되는 극우 정당 요빅Jobbik이 20퍼센트나 되는 표를 얻었다. 극우 정당으로 분류되는 프랑스 민족주의 정당 국민전선Front National도 최근 실질적 권력 정당으로 약진했다. 2013년 한 여론조사에서는 외국인 혐오자 무리에 불과한 국민전선이 미미한 격차이긴 하지만 프랑수아 올랑드 대통령이 이끄는 사회당과 중도우파 정당 모두를 제치고 프랑스 제1정당에 오르는 이변이 벌어지기도 했다. 일부 당원이 소수인종과 동성애자를 폭행해 물의를 빚었던 그리스의 골수 파시스트 정당 황금새벽당Golden Dawn은 의회에서 17석이나 차지하고 있다. 10년 전에는 상상조차 하기 어려웠던 일들이다. 2015년 1월 그리스 총선에서 급진 좌파연합 시리자Syriza가 압승을 거두었다. 앙겔라 메르켈 독일 총리의 경제 독트린을 겨냥한 시리자는 유럽 전체를 뒤흔들고 있다(일부는 이를 반기기까지 한다). 물론 급진 좌파연합인 시리자는 극우 파시스트 정당 황금새벽당과는 매우 다르다. 하지만 시리자의 인기도 기성 주류 정치에 분노하는 유권자의 심리를 반영하기는 매한가지다.

그런가 하면 유럽 전역에서 국민들의 정당 가입률이 떨어지고 있다.

영국의 경우 국민의 1퍼센트만이 특정 정당에 적을 두고 있다. 62퍼센트의 영국인은 "정치인들은 늘 거짓말을 한다"는 말에 공감한다. 영국의 어느 술집에든 들어가서 사람들에게 "정치인들은 다 썩지 않았나요?"라고 물으면 모두가 "그렇다"고 대답할 것이다. 과거에는 민주주의가 부패의 해독제로 여겨졌지만 이제는 그렇게 단순한 문제가 아닌 것 같다.

2014년 4월 베른 대학의 카이 구트만Kai Guthmann과 클라우스 아밍언Klaus Armingeon 교수가 발표한 연구를 보면 금융위기 이후부터 거의 모든 유럽 국가에서 민주주의에 대한 지지도가 떨어진 것을 확인할 수 있다. 2007년부터 2011년 말까지 EU 전역에 걸쳐 '자국의 민주주의에 대한 지지도'가 48퍼센트에서 40퍼센트로 낮아졌다. 민주주의의 본고장인 유럽에서 대다수의 사람들이 민주주의에 무신경해졌거나, 자국의 민주주의 제도에 반대하고 있는 셈이다.

반면 많은 유럽인들이 일당 체제를 기반으로 '일사분란하게 움직이는' 중국을 부러워한다. 중국은 기록적인 속도로 고속철도를 깔고, 연금 혜택 수혜자를 단 2년 만에 2억 4000만 명으로 확대했다. 이제 민주주의는 어려운 의사결정을 내리고 신속하게 일을 추진하는 데 방해가 되는 제도로 인식될 위험에 처해 있다. 『이코노미스트』에 인용된 바에 따르면, 유케핑Yu Keping 베이징 대학 교수는 민주주의는 간단한 문제를 "지나치게 복잡하고 성가시게 만들며" "감언이설을 일삼는 정치인들이 국민을 오도하는 제도"라고 꼬집었다.

중국은 자유시장경제 체제와 자유를 보장하지 않는 정치 체제의 조합에 점점 더 익숙해지고 있다. 10년 전만 해도 그와 같은 이중 체제는 모순으로 받아들여졌다. 그때 사람들은 중산층이 충분히 형성되면 중국에서도 민주화 움직임이 시작될 것이라고 믿었다. 그러나 점점 더 많은 사람들이 권위주의 정부와 자본주의 제도의 조합을 합리적이고 실용적인 국정운영 방식이라고 받아들이고 있다.

물론 독일이나 북유럽 국가에서는 민주주의가 아직 잘 작동되며 존중받고 있다. 상대적으로 축복받은 국가들로, 다행히 이들 나라의 정치인과 유권자는 장기적 안목을 지니고 있다. 이들 국가는 무능이나 (사실상 로비 활동과 다를 바 없는) 부패, 장기적으로는 해악을 미치는 무책임한 세제·예산안 정책을 내세우며 당장 코앞의 표를 얻으려는 정치가들의 기업가적 행태를 물리치고 사회적 합의를 지켜내고 있다. 예를 들어 노르웨이의 경우 석유기금의 가치는 국민 1인당 16만 달러를 상회한다. 미래 세대를 위해 계속 기금을 늘리고 있다는 점이 매우 놀랍다. 북해 유전 발견 이후 여기서 나온 모든 국부를 낮은 세금과 높은 지출 간의 간극을 메우는 데 탕진해버린 영국의 상황과는 매우 다르다.

민주주의 제도 자체에 문제가 있는 것이 아니다. 어떤 정치문화가 뿌리내리고 있느냐가 문제다. 결국 우리는 우리 수준에 걸맞은 정부를 갖게 되어 있다. 우리가 장기적 안목을 가지고, 사회를 생각하고, 정치인의 빈말이나 현실성 없는 공약에 비판적인 태도를 유지하고, 우리를 둘러싼 세계에 관심을 기울인다면 민주주의는 잘 작동할 것이다. 영국이나 미국의 예처럼 정치문화가 유아기로 퇴행할 때, 민주주의가 실패한 제도처럼 보일 뿐이다.

국제적 맥락에서 볼 때, 한국은 건전한 민주주의를 유지하기가 더 어려워질 것으로 전망된다. 나는 동아시아에서 중국의 영향력은 더 커지고 미국의 영향력은 지금보다 약해질 것이라 보기 때문이다. 북한이 핵무기를 보유하고 있는 상황은 한국 정부가 국가 안보를 강조하는 데 더없이 좋은 명분이 될 수 있다. 일본에서는 엄격한 언론 규제 법안이 새롭게 도입되었고, 일본 정치 지도자들에게 과거 제국주의는 남다른 자부심의 원천이 되고 있다. 일본이 집단적 자위권마저 확보하면 한국에서도 권위주의가 촉발될 수 있다. 아시아 전역과 그 외 지역에서 반독재자들이 잘 작동하는 것처럼 보이는 자본주의 체제를 교묘하게 이끌어가고 있다. 작금의 상황에서 미국의 다이어트 콜라 민주주의마저 실패하고 있어, 한국이 일당 체제라는 달콤한 유혹에 빠질 위험성은 더 커질 것으로 보인다.

어쩌면 필자가 지나치게 비관적인지도 모르겠다. 하지만 한국 안팎으로 반反민주적 성향이 증대되고 있으며 현재로서는 이에 저항할 만한 힘이나 역량, 자질을 가진 어떤 인물도, 어떤 조직도 보이지 않는다. 한국 민주주의가 충족하기 어려운 조건이 하나 더 있다. 바로 효율적인 야당의 존재다. 현재로서는 집권당인 새누리당만이 체계적인 조직력을 갖추고 있다. 전략적으로 선거운동을 펼치고, 어떻게 해야 이길지 간파하고 있는 당은 새누리당뿐이다.

나머지 정당들은 뜻은 좋을 수 있지만 어떻게 해야 야당 역할을 제대로 할 수 있는지, 선거에서 어떻게 경쟁해야 하는지, 어떻게 정부의 책임을 추궁해야 하는지 제대로 모르는 것처럼 보인다. 그런 상황에서 선의는 무용지물에 불과하다. 따라서 필자는 소위 '야권' 세력을 건설적으로 비판하고 어떻게 하면 문제를 개선할 수 있는지 제언하는 데 이 책의 많은 부분을 할애할 생각이다.

그리고 그에 앞서 어떻게 한국의 민주주의가 퇴보했는지부터 논하고자 한다. 1부에서는 지배 권력층으로부터 위협받고 있는 한국 민주주의의 상황을, 2부에서는 유권자들이 어째서 스스로의 이익에 배치되는 결정을 내리게 되는지를 다루고자 한다.

PART 1
DEMOCRACY
DELAYED

Democracy Delayed

한국 민주주의의 풍경

01

유치한
쇼, 쇼, 쇼

　　지금 모 국회의원의 홈페이지를 살펴보고 있다.
첫 페이지는 작업복을 입은 의원이 일하는 모습 등을 찍은 사진으로
가득하다. 페인트칠을 하는 사진, 아줌마들과 밥을 나르며 웃는 사진
도 있다. 정장을 입고 연설하는 사진도 있지만 첫 페이지에 도배된 사
진만 보면 거친 육체노동도 마다하지 않고 노동자들과 시간을 보내는,
민생을 최우선시하는 국회의원처럼 보인다.
　　필자는 사실 이 의원과 직접 만난 적이 있다. 물론 작업복을 입고 있
지는 않았다. 연설하는 자리는 아니었지만 정장을 입고 있었다. 그랜
드하얏트호텔 앞에 도착한 의원은 비싼 독일 수입 차에서 내렸다. 친
구 중 한 명이 의원의 부인과 아는 사이여서 몇 마디 나누게 됐다. 홈페

이지만 보면 서민들을 위하고 지역 사회 일에만 몰두하는 것처럼 보이지만, 필자와 만났을 때는 민생 관련 이야기를 한마디도 언급하지 않았다. 대신 자기 이야기에 여념이 없었다. 특히 미국 명문대 유학 시절 이야기에 열을 올렸다. 그분이 억울해할지도 몰라서 하는 말인데, 필자가 만난 소위 한국 엘리트 집단의 절반 정도가 비슷했으니 그 의원이 독보적인(?) 존재는 아니라는 점을 밝혀두고 싶다.

의원이 필자에게 건네준 명함에는 '국민' '국민에 봉사'와 같이 진부한 문구들이 찍혀 있었다. 언제 같이 점심 한번 먹기로 했지만 말뿐이었다. '이 사람은 홈페이지의 이미지처럼 스스로를 정말 국민에 봉사하는 사람이라고 생각할까? 실생활이나 관심은 딴판인데 국민 운운하는 홍보전략이 먹히는 걸까?' 혼자 생각해보았다.

알맹이 없는 정치적 수사

'유아적인' 정치문화는 민주주의에 해롭다. 당장 유권자의 표를 얻으려고 끝없는 경제적 혜택과 감세를 공약으로 내세우는 미국과 영국 정치인들의 근시안적인 행태는 '유아적'이라고 표현할 만하다. 한국에서는 이 문제가 심각하다고 생각하지 않지만, 한국 정치인들 역시 유아적인 측면이 있다. 그들은 유권자를 어린아이처럼 대한다.

한국 정치인들의 말이나 주장을 들어보면 대중의 수준을 한참 낮게 보고 있다는 것을 알 수 있다. 선거철만 다가오면 제대로 된 논의나 정책 대신 유치한 인기몰이 쇼가 등장한다. 선거철이 아닐 때 손발 걸어

붙이고 화장실 청소하는 정치인을 몇 번이나 봤는가?

개인적으로 유아적 정치를 가장 여실하게 보여주는 것은 정치인들이 내세우는 문구라고 생각한다. 현수막 등 선거 홍보물에 '희망' '꿈' '소통' '미래'와 같은 말들이 사방천지에 도배되는 모습이 항상 놀라웠던 참에, 국회의원들 홈페이지에 들어가서 얼마나 많은 국회의원들이 애매모호하지만 번지르르한 문구를 쓰고 있는지 조사해보기로 했다.

이름이 'ㄱ'으로 시작하는 48명의 국회의원 홈페이지를 일일이 들어가보았다. 여야 정당 국회의원과 몇몇 소수 정당 의원도 포함됐다. 제목, 슬로건, 항목별 제목과 사진에 크게 나온 문구 위주로 살펴봤다. 국회의원으로서 장기적이고 구체적인 계획을 논하는 과정에서 '희망'이나 '꿈'을 언급할 수는 있지만, 아무런 알맹이 없이 희망이라는 단어 하나로는 아무것도 의미하지 않는다.

48명 가운데 3분의 1에 해당하는 16명이 '희망'을 표방했다. 보통은 해당 의원 이름 옆에 '○○(본인 지역구)의 희망'이라고 썼다. 물론 왜 그런 웅대한 주장을 하는지에 대한 상세한 설명은 찾아볼 수 없었다.

11명은 '소통', 9명은 '행복'을 내세웠고, 그 외 다수 의원의 홈페이지에서 '꿈' '변화' '미래'라는 단어가 포착됐다. 어떤 공통점이 있는가? 해당 단어들을 과용했을 뿐 아니라 이마저 모두 실질적 내용이 빠진 허언에 불과했다. 이런 문구는 향후 이행 책임이 따르는 공약을 구체적으로 제시하지 않고도 정치인에 대한 호감이나 긍정적인 이미지를 불러일으킨다. 2012년 대선 때 박근혜 후보의 공약은 '내 꿈이 이루어지는 나라'였다. 2015년 현재 여러분의 꿈이 이루어졌다고 말할 수 있는가? 동시에 '내 꿈이 이루어지는 나라'라는 슬로건이 구체적으로 어떤 거짓말을 했다고 말할 수 있는가?

영미권 : 다이어트 콜라 민주주의

허언을 앞세운 공약은 대부분 '선진'(또는 '후기') 민주주의 국가에도 존재한다. 번뜩 떠오르는 인물은 단연 버락 오바마다. 오바마는 2008년 '희망'과 '변화'를 표방하며 공화당 후보 존 매케인을 물리치고 미국 대통령으로 당선됐다. 재선 때는 오바마 캠프에서 희망이나 변화 같은 공약을 포기한 것이 주목할 만하다. 2008년 미국 대통령 선거에서 오바마를 인류의 구원자로 내세웠던 민주당 캠프는 2012년에 다른 전략을 썼다. 오바마가 적어도 상대 후보인 밋 롬니보다는 낫다는 것이 그들이 내세운 기본 메시지였다. 2014년 2월 설문조사에 따르면 미국인의 59퍼센트가 오바마 행정부에 실망한 것으로 나타났다. 오바마를 희망의 화신으로 치켜세운 전략이 부메랑 효과를 불러온 셈이다.

전 세계 민주주의 국가 곳곳에서 대통령 후보들은 보기 좋게 모호하고, 모호하게 보기 좋은 미래 비전을 제시함으로써 원하는 것을 공짜로 얻을 수 있음을 깨달았다. 처음으로 이를 십분 활용한 인물이 바로 존 F. 케네디 대통령이다. 최근의 사례로는 영국의 토니 블레어 전 총리를 들 수 있다. 사실 필자는 토니 블레어 집권기의 국정 수행이나 대내외 정책을 대부분 지지한다(물론 이라크 파병 결정은 예외다). 블레어 총리는 언론 플레이와 번지르르한 값싼 구호로 이뤄놓은 상당한 업적을 스스로 깎아먹었다. 블레어는 '신新노동당'을 표방했다. 정확히 무슨 의미로 신노동당이라고 명명했는지는 모르지만, 그는 '변화'와 '새로운 영국'을 내세웠다. 널리 알려진 대로 블레어 총리는 진실이 무엇이든지 간에 '옳은 일'이라며 이라크 파병을 밀어붙이기도 했다. 알다시피 이라크 전쟁의 명분으로 제시됐던 조지 부시 행정부의 '대량살상무기' 주장은 날조된 것으로 드러났다.

모호한 비전으로 성공을 거둔 토니 블레어는 보수당에도 영향을 주었다. 보수당 최고 권력자인 데이비드 캐머런 현 총리와 조지 오즈번 재무장관은 사석에서 '대가大家' 토니 블레어라고 칭하기도 한다. 심지어 '대가라면 어떻게 했을까?'라고 자문해본 다음 언론전략을 짜기도 한다. 한마디로 말해 영국 정계는 완전히 블레어화되었다. 단순하고 피상적으로만 매력적인 모호한 정치가 자리잡았고, 미디어 담당자와 포커스 그룹이 승인하지 않으면 아무것도 실행되지 않는다.

영국 유권자는 블레어화된 정치인에게 쉽게 넘어간다. 하지만 얼마 안 돼 속았다는 결론에 다다른다. 이 때문에 캐머런 현 총리는 인기가 없다(이민자를 혐오하는 극우 영국독립당UKIP이 얼마나 잘하느냐에 달려 있긴 하지만 캐머런의 라이벌 정치인들은 더 인기가 없는 터라 캐머런 총리가 2015년에도 재선될 가능성이 높다. 극우 영국독립당은 주류 정치인을 혐오하는 풍토 덕분에 난데없이 등장한 정당으로 반EU를 표방하고 있다). 장기적으로 볼 때 이는 영국 민주주의에 악영향을 끼칠 것이다. 민의를 반영하는 정부를 수립할 수 있다는 믿음으로 투표해온 유권자들의 마음이 돌아설 것이기 때문이다. 정치인은 그저 4~5년마다 한 번씩 나타나 사기를 치는 권력욕 넘치는 엘리트 계층일 뿐이라는 인식이 퍼질 수 있다. 때문에, 점점 더 많은 영국인들이 자국의 민주주의 시스템에 회의를 품게 된 현 상황은 전혀 놀랍지 않다.

홍보 친화적이면서 모호한 정치적 수사는 실체 없는 허언이며, 장기적으로 해악을 불러온다는 점에서 다이어트 콜라 민주주의와 짝을 이룬다. 다이어트 콜라 민주주의와 마찬가지로 텅 빈 정치 구호로 당선된 정치인은 눈앞의 이득을 얻지만 국민의 삶은 한층 고달파진다. 값싸고 맛있지만 금방 배가 꺼지고 몸에도 좋지 않은 맥도날드 버거 세트를 닮았다. '새정치' 같은 문구를 한번 생각해보자. 처음에는 많은 것을 약속해주는 것 같았지만 이제는 듣기도 싫지 않은가?

한국 : '종북' '독재자의 딸' '포퓰리스트'

이 책을 집필중인 2014년 봄 현재 선거 유세가 한창이다. 포스터, 현수막, 후보들의 이력이 담긴 명함이 여기저기 널려 있고, 어깨에 띠를 두르고 유세하는 그럴듯해 보이는 중년 남성들을 동네에서 쉽게 볼 수 있다. 이들은 동네 전통시장에 가서 분식을 먹고 서민들과 악수를 나누며 사진을 잔뜩 찍는다. 찍은 사진들은 '홍대 떡볶이 가게에서 서빙 중!' '훌륭한 청춘들을 많이 만나서 좋았다'와 같은 간략한 설명과 함께 후보들의 트위터에 올라온다. '^^' 같은 경쾌한 이모티콘도 빠지지 않는다.

유력 후보 한 명은 쪽방촌에서 하룻밤을 자거나 카메라 앞에서 화장실 청소를 하는 등 자신이 얼마나 소탈한지 보여주려고 갖은 노력을 다하고 있다. 개인적으로 그 후보를 비판할 생각은 없다. 후보 자신보다는 선거 캠프 참모진들이 유권자의 관심을 끌기 위해 쇼를 짜내는 것 같다. 하지만 누구든 보여주기식 선거운동이 좋은 아이디어라고 생각한다면 실망이다.

더 실망스러운 것은 그 같은 전략이 효과가 있다는 사실이다. 먹히는 전략이 아니라면 후보들이 4년에 한 번씩 분식집에 가고 '희망' '소통' '국민과 함께'를 내세우지 않을 테니 말이다. 민주주의 국가에서는 시민의 의식 수준에 걸맞은 정치인을 갖게 마련이다. 물론 한국의 경우, 매우 높은 평균 근로시간 때문에 시민들의 정치 참여가 쉽지 않다. 강남에 산다는 박원순의 집이나 나경원이 다녔다고 상대 후보들이 주장한 피부과 등을 후보들이 내세우는 정책보다 더 중요하게 다루는 언론 환경도 문제다. 그러나 궁극적으로는 민주 시민이 나서서 "이제 그만!"이라고 선언하고 후보들이 실제로 무엇을 하고 있는지에 더 많은 관심을 쏟아야 한다.

선거 유세에 등장하는 '쇼'는 세계 어느 민주주의 국가에서나 쉽게 볼 수 있다. 진정성 없는 쇼도 소통, 희망과 같은 텅 빈 구호와 마찬가지로 결국 실망으로 이어진다. 후보들이 선거 후에도 분식점에 자주 드나들고 화장실을 청소하면서 그들이 내걸었던 희망에 걸맞은 실천을 보여주지 않는다면, 정치인들의 쇼는 속임수와 다를 바 없다는 인식이 뿌리내리면서 정치에 대한 불신이 더욱 깊어질 것이다.

인신공격과 네거티브로 얼룩진 선거도 문제다. 2007년 럿거스 대학의 연구원 리처드 라우Richard Lau는 정치전략으로 사용되는 인신공격에 관한 기존 연구에 대해 메타 분석을 실시했다. 연구 결과 네거티브 선거전략은 선거에서 이기는 데 도움이 되지 않으며, 통계적으로 유의

미할 정도로 정치문화 전반과 대(對)정부 신뢰에 '압도적으로 부정적인' 영향을 미치는 것으로 나타났다.

불행히도 한국에서 네거티브 전략은 일상사다. 미국에서 선호되는 '상대 후보 공격 광고'는 드물지만 편견에 기댄 유치한 모욕은 흔하게 볼 수 있다. 정몽준이나 박원순의 정책에 대해 비평하는 것보다 혼자 힘으로는 아무것도 해본 적 없는 '부잣집 도련님'이나 '종북' '강남좌파'라고 후보를 비난하는 편이 훨씬 쉽다(게다가 더 효과적이고). 문재인 후보의 공식 이력을 따지기보다는 치시하게 선거 막판에 문재인과 NLL 이슈를 엮어 트위터에 올리는 편이 더 쉬웠을 것이다. 박근혜가 '독재자의 딸'인 것은 맞지만 기회가 될 때마다 그 사실을 운운하는 것이 한국 정치문화에 도움이 되는가? '독재자의 딸'을 수없이 외쳤지만 민주통합당(이하 '민주당', 현 새정치민주연합)은 결국 선거에서 패배했다. 새정치민주연합(이하 '새정치연합')은 박정희를 반대하는 국민보다 지지하는 국민이 더 많다는 사실을 순순히 받아들이고 앞으로 나아가야 한다.

2014년에 정청래 새정치연합 의원과 김진태 새누리당 의원이 북한 무인항공기 사건을 둘러싸고 소셜미디어 전쟁을 벌인 바 있다. 무인항공기가 북한에서 날아왔을 가능성은 희박하다는 정 의원의 발언에 김 의원은 "미치도록 친북이 하고 싶다=정청래 생각"이라며 "너의 조국으로 가라"라는 글을 트위터에 올렸다. 한국 우파는 북한 문제에 관한 것이라면 종북 프레임을 들이대기 일쑤다. 가장 쉽고 효과적으로 반대파를 비난할 수 있는 방법으로, 한국 우파가 상습적으로 활용하는 수법이다. 때문에 문제의 발언이 친북인지 아닌지 사실 관계와 상관없이 늘 비판이 따른다. 나와 생각이 다르면 무조건 빨갱이니, '북한에 가서 영영 돌아오지 마라!'라는 사고방식이다.

좌파와 종북은 얼마든지 별개의 문제일 수 있는데 '종북'과 '좌파'를 한데 묶어 '종북좌파'로 싸잡는 행태는 더 비열하다. 노인 유권자들은 이 수법에 파블로프의 개처럼 자동으로 반응한다. 새정치연합과 여타 진보 정당은 번번이 새누리당이 색깔 공세를 펼칠 여지를 준다.

한국 보수 진영이 진보 진영을 손쉽게 공격하는 비열한 수법은 또 있다. 진보 진영이 '포퓰리즘'을 일삼는다는 주장이다. 일반 대중의 감성이나 필요에 영합해 표를 얻는 것이 '포퓰리즘'이지만, 한국 보수 언론이 지적하는 '포퓰리즘'은 이와 다르다. 한국 보수층에게는 특권층의 희생으로 다수의 국민을 이롭게 하는 것이 모두 '포퓰리즘'이다. 복지를 원하는가? 그렇다면 당신과 논쟁할 가치도 없다. 이 비열한 포퓰리스트!

'포퓰리즘'이라는 단어는 이제 잔인한 위력을 발휘한다. 새누리당을 열렬히 지지하고, 친대기업 성향이며 TV조선의 열혈 시청자인 지인 중 하나는 세월호 희생자 유가족에게 '미개'하다고 발언한 정몽준의 아들에 대해 공분한 사람은 모두 '포퓰리스트'라며 소셜 미디어에 글을 올렸다. 그는 정몽준의 아들이 옳은 말을 했고 그의 말에 토를 다는 사람은 모두 포퓰리스트라고 지적했다. 처음에는 실망스러웠다. 좋은 사람이라고 생각했는데 그런 사고방식을 가지고 있다니 놀라웠다. 그런데 평소 그 사람의 정치·경제에 대한 관점, 즐겨 보는 신문이나 방송을 떠올려보니 포퓰리스트라는 발언이 어디서 나왔는지 짐작이 갔다. 냉정하게 논리를 신봉하는 태도, 권위에 대한 지지는 무조건 수용되는 반면, 감정을 드러내거나 보통 사람들이 겪는 고통에 공감을 표하면 포퓰리스트인 것이다. 이것이 전 세계적인 추세라면 필자는 기꺼이 포퓰리스트를 자청하겠다.

너무 쉬운 공약 파기

정치에 대한 국민들의 신뢰도에서 한국은 OECD 회원국 중 최저 수준이다. 애석하게도 정치에 대한 불신은 독재 시절보다도 더 깊어졌다. 도입부에서 논한 바와 같이, 다른 민주주의 국가에서도 정치에 대한 불신이 깊어지고 있다. 하지만 "지난 30년간 한국의 추세는 전 세계적으로 볼 때 매우 심각한 상황에 속한다"고 정용덕 서울대학교 행정대학원 명예교수가 지적한 바 있다.

정치 불신의 원인에는 앞에서 언급한 비열한 정치 수법과 끊이지 않는 부패 등 여러 가지가 있다. 여기에 너무도 쉽게 공약을 파기해버리는 한국 정치인들의 행태도 추가하고 싶다. 그런 행태는 어차피 유권자들은 공약을 잘 기억하지 못할 거라는 정치인들의 못된 태도에서 비롯된 것으로, 유아적 정치의 한 단면으로 볼 수 있다.

2014년에도 두 건의 놀라운 공약 파기가 있었다. 노년층에게 기초연금으로 월 20만 원씩 보장하겠다던 약속은 너무나 뻔뻔하게 파기됐다. 그것도 집권 초기에 말이다. 노년층 유권자는 무조건적으로 박근혜를 지지하는 성향이 있어서 기초연금 공약 정도는 정치적으로 커다란 대가를 치르지 않고도 쉽게 파기할 수 있었다.

지방선거 후보 공천 절차를 개혁하겠다는 공약은 더 영리했다. 같은 공약을 내세웠던 당시 민주당은 개혁 의지가 없는 새누리당의 실체가 명백해진 후에도 약속을 지키려고 애썼다. 하지만 공천 절차를 개혁하면 오히려 민주당에 불리하게 작용한다는 것을 깨닫고 결국 포기하고 말았다. 게임 이론 관점에서 보면 새누리당으로서는 일이 더할 나위 없이 잘 풀린 셈이다. 야당은 어떻게 할지 우왕좌왕하며 큰 혼란을 겪었지만, 새누리당은 중요한 시점에 일시적인 조직적 우위를 선점했다. 결국 민주당도 포기해, 공약을 지키려고 애썼던 민주당의 도덕적 우위도 상처를 입고 말았다.

가장 중요한 사실은 공약을 너무나 쉽게 파기했음에도 새누리당 지지층에는 변화가 없었다는 점이다. 솔직히 정치 전문가나 정치인 당사자들 빼고 공천 절차에 신경 쓰는 사람이 얼마나 되겠는가? 공천 절차를 논의하고자 회동을 제안했던 안철수의 요청을 거부한 것은 매우 무례한 처사였으나, 사람들의 관심이 너무 적었던 덕분(?)에 박근혜는 정치적 타격을 모면할 수 있었다.

애석하게도 이처럼 쉽게 공약을 파기하는 행태는 유권자를 만만하게 보는 정치인들의 태도를 여실히 보여준다. 공천 절차를 개혁하겠다는 약속을 깨버린 것은 그 영향이 크지 않았을지 몰라도 공약 파기가 지속적으로 일어난다면 결국 정치제도에 대한 국민의 냉소, 불신으로 이어질 것이다. 또한 정책을 보고 투표해봤자 정책이 현실화되지 않는다고 생각하게 될 것이다.

새누리당에는 좋다

인신공격, 공약 파기, 모호하고 그럴싸한 구호 등은 일반적으로 민주주의에 해악을 끼친다. 하지만 득을 보는 정당도 있다. 정치에 대한 무관심이 커지고, 앞에서 언급한 부정적인 정치 수법 등에 영향을 받은 유권자들이 투표를 하면 새누리당에는 오히려 득이 된다.

전 세계 어느 곳이나 젊은 유권자에 비해 노년층의 투표율이 높다. 2011년 민주주의 및 선거 지원을 위한 국제기구International IDEA의 자료에 따르면, OECD 회원국 가운데 55세 이상 유권자보다 35세 미만 유권자의 투표율이 높은 나라는 이탈리아, 벨기에, 호주 세 나라뿐이다. 55세 이상 유권자의 투표율은 35세 미만 유권자의 투표율보다 평균적으로 10퍼센트 포인트가량 더 높았다.

영국은 세대 간 투표율 격차가 38퍼센트 포인트에 달해 세대 차가 가장 극심한 것으로 나타났다. 영국 젊은이들은 정치와 완전히 담을 쌓았다. 한국도 22.8퍼센트 포인트를 기록하며 세계 3위를 기록했다. 민주화 이후 모든 연령대에서 투표율이 떨어졌는데, 이는 유권자들이 정치에 실망하고 있음을 시사한다. 하지만 상대적으로 노년층은 정치에 불만이 있어도 투표할 가능성이 높다. 반면 젊은 층은 정치에 대한 기대가 있고 긍정적인 유인이 있을 때만 투표장에 나타난다. 흥미롭게도 한국의 대다수 젊은 층은 대학을 졸업하고, 대다수의 노년층은 대학 졸업장이 없다는 사실은 저학력층보다 고학력층의 투표율이 현저히 낮다는 것을 의미한다. OECD 회원국 가운데 다섯 국가에서만 이런 현상이 나타나는데 그 중에서도 한국의 학력간 투표율 격차가 가장 크다.

2012년 국회의원 선거를 앞두고 많은 사람이 새누리당이 참패할 것으로 예상했지만, 필자는 새누리당이 의석은 몇 개 잃을지 몰라도 국회 과반수 의석을 유지할 것이라고 굳게 믿었다. 선거 당일 투표장을 둘러보려고 노원구에 갔다. 투표하러 나온 노인은 많았던 반면 젊은이는 별로 없었다. 전철역으로 돌아가는 길에 던킨도너츠에 들러 홍차와 초콜릿 머핀을 먹었다. 주변 손님은 거의 20대 젊은이였다. 이것이 현실이다. 젊은이들은 민주주의보다 도너츠를 더 좋아한다. 이와 같은 세대 간 분열로 득을 보는 것은 새누리당이다.

한국에서는 정치, 특히 소위 '진보'에 환멸을 느끼는 젊은이들이 늘면서 젊은 층의 정치 참여율이 저조해졌다. 그 결과 정치권은 청년 관련 문제 해소를 위해 사실상 아무것도 한 것이 없다. 반면 노년층 인구는 크게 증가하고 있다. 나이가 들수록 보수화되고 기득권을 지지하는 것은 어디에서나 나타나는 현상이다. 이런 악조건에 놓인 진보 정당들은 새누리당에 대항해 고전을 면치 못할 것이다.

결국 진보 정당이 선택할 수 있는 유일한 방법은 전면적으로 전략을 수정하는 것뿐이다. 즉 유권자를 등 돌리게 하는 새누리당과의 진흙탕 싸움을 멈추고 긍정적이고 체계적인 정책 도출에 초점을 맞추어야 한다. 2012년 대선 때 민주당은 'MB 정권 심판'론을 펼쳤지만 결과적으로는 MB에게 '선물'을 안겨주지 않았는가.

02

민주의식은
어디에 있는가

"Let's have some wine!"

외신기자는 장관, 고위 공무원, 한국은행 간부 등과의 식사에 자주
초대된다. 장소는 대부분 인사동, 효자동, 삼청동 일대다. 맛있고 비싼
음식점에 주로 가는데, 의외로 한식집인 경우는 거의 없고 대개 이탈
리아 레스토랑이다. 이탈리아 음식을 마다할 사람은 없다는 게 세계적
인 상식으로 통하나보다.

우리를 초대한 주인공은 보통 테이블 중앙에 앉고 보좌관이나 비서
등이 옆자리에 앉는데, 이들은 식사 내내 거의 말이 없다가도 상사의
농담에는 맞장구 치며 웃어준다. 가끔씩 통역사를 대동하기도 하는데
외신기자를 초대한 인사들은 미국 유학파가 많아서 대부분 영어가 유

창한 편이다. 가정형편이 어려워 해외 유학을 가지 못하는 똑똑한 한국 학생들은 어떻게 되는지 가끔 궁금하다.

취할 만큼 많이 마시도록 술을 강권하는 일은 없는 편이다. 딱 한 번 금융위원회 모 인사와 취하도록 마신 적이 있다. 식사를 하고 폭탄주를 연속으로 들이켰다. 같이 온 통역사가 유일한 여자였는데 술에 약해 금방 취해서 고꾸라졌고 나머지는 (앞뒤가 맞지 않는 소리로) IMF를 논의하며 연신 원샷을 외쳤다. 우리를 초대한 인사는 신기한 펜던트를 꺼내더니 우리 손 위에 흔들며 점을 봐줬다. 나는 그 사람이 꽤 맘에 들었다.

보통 밥을 먹으며 와인을 마시고, 식사 후에 한두 병 더 주문해서 마실 때도 있다. 필자가 처음 한국 정부기관 간부와 저녁을 먹은 것은 『이코노미스트』 기자가 된 지 일주일 정도 지난 2010년 6월이었다. 효자동에 있는 고급 이탈리아 레스토랑에서 열린 모 장관과 외신기자들의 저녁 모임이었는데, 그 장관은 술이 세 보이진 않았지만 와인을 즐겼고 말하기를 좋아했다. 기자에게는 완벽한 조합의 인물이었다.

당시 남아프리카공화국에서 열리는 월드컵이 한창 화제였다. 정확히 어떤 맥락에서 대화가 시작됐는지는 기억나지 않지만 누군가가 일본 국적의 북한 선수 정대세 이야기를 꺼냈다. 대화중에 파이낸셜타임스 기자가 왜 많은 한국인이 북한을 응원했는지 궁금하다며 장관에게 물었다.

때로는 외신기자이기 때문에 이처럼 뻔하거나 사소한 질문도 용납된다. 나이가 많은 사람들은 자기 말 하기를 좋아하고, 외신기자는 한국을 잘 모른다고 속단하는 경향이 있어서 그런 질문을 받으면 '한국

문화'나 '한국사회'에 대해 일장 연설을 늘어놓으면서 스스로 어떤 사고방식을 가진 사람인지 여실히 드러낸다.

"공산주의 사고방식 때문이지!" 장관은 소리쳤다.

와인을 좀 과하게 마셨는지 목소리가 더 높아졌고 한국에 얼마나 많은 종북세력이 들끓고 있는지 5분 동안 열을 올리며 이야기했다. 특히 386 세대를 콕 집어 종북세력의 핵심이라고 했다. "386 세대와 386 정신이 사라지면 우리나라는 더 살기 좋은 나라가 될 겁니다"라며 386 세대에게 투표권이 있다는 게 안타깝다고 덧붙였다. 그러고 나서 조금 있다가 노조가 허용되는 현실이 개탄스럽다면서 모두 해체시켜버리고 싶다는 말까지 했다. 386 세대와 마찬가지로 노조 역시 나라에 백해무익한 존재라는 말도 빼놓지 않았다.

장관의 말을 듣고 있자니 타임머신을 타고 1970년대로 돌아간 듯한 느낌이었다. 이제는 기자를 그만두었지만 필자가 아직 기자라면 지금도 비슷한 일을 겪지 않을까 싶다. 유신헌법 기안자 중 한 명이 다시 또 청와대 비서실장을 역임하지 않았던가.

나와 다르면 빨갱이

필자가 문제의 장관에게 "민주주의의 가치를 믿으십니까?"라고 물었다면 주저 없이 "물론입니다"라고 대답했겠지만, 그는 분명 민주의식이 부족한 사람이었다. 그런 사람에게는 민주주의가 스스로 정한 틀 안에서만 존재한다. 진정한 민주주의에 배치되는 자세다. 아무런 제지도 받지 않는 재벌 주도의 자본주의를 지지하고, 햇볕정책 찬성론자는 그들의 주장을 들어볼 필요도 없이 다짜고짜 투표권을 주면 안 된다는 것이 그들의 기본 사고방식이다.

한국에서 외신기자로 일하던 시절, 그와 유사한 사고방식을 가진 지도급 인사들을 자주 만날 수 있었다. 그들은 비밀스러움을 좋아하고, 비판이나 의문 제기에 적대적이었으며, 그러한 태도를 당연한 권리로 여겼다. 그들에게 언론이란 사실보다는 그들의 관점을 전달하는 수단에 불과했다. 토론도 해보지 않고 어떻게든 반대 세력에 제약을 가하려고 하거나, 때로는 그들이 아예 활동할 수 없도록 손을 쓰기도 한다. 4대강 사업이나 한미자유무역협정을 반대하는 민간인들을 골라 불법 사찰했던 국가정보원(이하 '국정원')의 사고방식과 일맥상통한다.

김진태 새누리당 의원의 발언은 민주의식 결여를 보여주는 좋은 예다. 2013년 박 대통령이 프랑스를 방문했을 때 프랑스 교민들이 대통령 선거 무효를 외치며 시위를 벌였다. 물론 박 대통령은 심기가 불편하고 창피했을 것이다. 박근혜 지지자라면 시위자들의 의견에 반대할 수도 있다. 시위자를 바보 천치라 부르는 것도 자유다. 김 의원은 그 정도가 아니었다. 그는 "이번에 파리에서 시위한 사람들은 그 대가를 톡톡히 치르도록 하겠다"고 했다. 또한 법무부를 시켜 채증 사진 등 관련 증거를 헌법재판소에 제출하겠다고 으름장을 놓았다.

한술 더 떠 "그걸 보고 피가 끓지 않으면 대한민국 국민 아닐걸요" 라며 교활하게 종북 프레임을 꺼내 들었다. 비판에 대응하기를 꺼리는 한국 보수주의자들의 전형적인 반응이다. '나와 생각이 다르면 무조건 빨갱이'다. 정치인들은 바보가 아니다. 종북 프레임을 들이대는 것이 불합리하다는 것을 모를 리 없다. 하지만 그들은 그 수법이 진보 진영을 수세로 몰아넣는 데 매우 효과적이라는 것도 잘 알고 있다.

당시 황우여 새누리당 대표도 대선 결과에 의문을 품는 사람들에게 똑같은 잣대를 들이댔다. "북한이 최근 반정부 대남 투쟁 지령을 내린 뒤 대선 불복 운동이 활성화되고 있다는 지적을 예의 주시하면서 경계할 필요가 있다"고 언급한 것이다. 대선이 조작됐다는 주장은 사실일 수도 사실이 아닐 수도 있다. 하지만 논리적으로 볼 때 북한과는 하등 관계가 없다. 새누리당도 이를 모를 리 없지만, 그들로서는 이토록 편리한 정치 수법을 마다할 이유가 없다. 한국 보수층은 마음만 먹으면 레드 콤플렉스를 적극 활용해 합리적 논리도 없이 과반수의 국민을 설득할 수 있다.

한번은 필자가 TV조선의 박근혜 보도를 비판하는 트윗을 올린 적이 있는데, 그후 증오에 가득 찬 쪽지 몇 개를 받았다. 필자를 "대한민국을 음해하는 전형적인 서양 좌파!"라고 부른 사람도 있었다. 이런 대책 없는 말에는 도대체 어떻게 대응해야 하나? 그 쪽지를 보낸 사람은 TV조선에 대한 필자의 비판을 박근혜에 대한 비판으로 해석했다. 박근혜에 대한 비판은 한국에 대한 비판이고, 여기서 한발 더 나아가 한국을 비판한 사람은 좌파라고 규정한 것이다. 이런 사고방식은 한국 정치, 언론, 사회 전반에 널리 퍼져 있는 내러티브를 반영한다. 비판하는 사람들을 모두 공산주의자로 규정하는 비#민주적 담론이다. 아이러니하게도 (그 논리대로라면) 의견을 표출하는 사람은 민주주의 신봉자가 아니라 독재를 옹호하는 자가 된다.

박근혜 대통령도 자신에 대한 비판을 한국에 대한 비판으로 받아들이는 모양이다. "국민을 대표하는 대통령에 대한 모독적인 발언이 그 도를 넘고 있다." 2014년 9월 박근혜 대통령의 이 한마디에 검찰이 일사분란하게 카카오톡 사찰에 돌입했고, 사람들은 우르르 러시아 개발자가 만든 텔레그램으로 갈아탔다(일명 '사이버 망명'이 일어났다). 정윤회 부부가 청와대 비선 실세라는 폭로에도 박근혜 대통령은 같은 방식으로 대응했다. 비선이 존재한다는 문제 자체가 아니라, 유출과 관련된 사람을 모두 고소함으로써 유출 경위에만 집중했다. 같은 맥락에서 대통령에 대한 찬사가 곧 한국에 대한 찬사로 인식되는 것은 더 재미있다. 이명박 대통령 임기중에 공무원이 외국 신문사 소속 한국인 기자에게 전화를 걸어 훈계한 일이 있었다. 그 공무원은 마치 대한민국의 위상이 걸려 있는 문제라도 되는 듯, 대통령의 숙원 사업인 글로벌녹색성장연구소에 대한 기사를 보도하는 것이 '애국하는 것'이라 강조했다고 한다.

대통령이 질문에 대답하는 태도

대통령이 기자의 질문에 대답하는 스타일만 봐도 개방성이나 투명성 같은 민주적 가치에 대해 어떤 자세를 갖고 있는지 엿볼 수 있다. 박근혜 대통령은 기자회견을 거의 하지 않는 편이라 판단하기가 쉽지 않지만, 전임 이명박 대통령과의 공통점은 하나 지적할 수 있겠다. 둘 다 즉흥적 대응에 약하다는 점이다. 2012년 대선을 앞두고 박근혜, 문재인 후보 모두 외신기자 클럽에 모습을 드러냈다. "방금 문재인 후보

기자회견에 다녀왔다. 문 후보는 한 시간 동안 질문에 답했다. 박 후보는 지난주 기자회견 때 (사전에 허용된 것으로 보이는) 다섯 개 질문만 받았다." 당시 사이먼 먼디Simon Mundy 파이낸셜타임스 기자가 남긴 트윗이다.

한국이 핵안보정상회의를 개최했을 때 다른 외신기자 네 명과 이명박 대통령을 인터뷰한 적이 있다. 담당자는 국내 정치는 제외하고 핵안보정상회의와 북한에 대한 질문만 해달라고 미리 당부했다. 국정원의 거대 추문이 한창 이슈이던 때라 무척 아쉬웠다. (국정원 추문이 하루이틀 일은 아니지만!) 우리는 질문 내용을 미리 작성해서 제출해야 했다. 기자회견 전에 질문에 대한 답을 문서로 받았는데 많은 질문이 누락돼 있었다. 당시 인터뷰에 참석했던 기자 중 한 명은 "내 질문은 세 개나 거절당했다"고 필자에게 보낸 이메일에서 밝히기도 했다.

우리가 받은 문서에는 "한국 정부가 국제원자력기구 회비를 현재보다 4~5배쯤 증액할 가능성이 있는가?" 또는 "대통령으로서 G20 서울 정상회의와 핵안보정상회의라는 굵직한 국제회의를 주재하게 되었는데 준비 경험을 통해 무엇을 배웠는가"처럼 외신기자가 했다고 보기 어려운 질문도 있었다.

50여 분 동안 진행된 미팅 막판에 다다르면서 다행히 좀더 현실적인 질문을 던질 시간이 생겼다. 국내 정치는 물론 제외됐지만 북한, 일본과의 독도 분쟁, 위안부 이슈 등에 관한 대답을 들을 수 있었다. 하지만 전반적으로 너무 빠르게 진행되어 논의하고 싶었던 이슈를 심층적으로 다룰 수 없었다. 사진기자가 오더니 사진을 여러 장 찍기는 했다 (필자도 그때 찍은 사진 중 하나를 영국에 계신 어머니께 보내며 "한국 대통령이랑 찍은 사진이에요"라고 말씀드렸다. 필자의 어머니는 유명인사와 찍은 아들 사진을 좋아한다). 다음 날 기자회견에서 찍었던 사진 하나가 동아일보에만 크게 실렸다. 왜냐고? 동아일보 정치부가 마련한 자리였기 때문이다. 동아일보 기자들이 우리 외신기자들에게 대통령과 인터뷰할 생각이 있느냐고 연락해왔고, 인터뷰 당일 광화문 동아일보 사옥 앞에서 외신기자들과 동아일보 정치부 기자 두 명이 버스 한 대를 타고 청와대로 이동했다. 물론 인터뷰 기회를 준 동아일보 기자들에게 고맙게 생각한다. 하지만 언론인의 한 사람으로서 기자와 청와대 간의 친밀한 관계가 조금 이상하게 느껴졌다.

얼마 후 그날 기자회견 참석 멤버 중 1990년대 후반부터 외신기자로 활동하며 역대 한국 대통령을 모두 만나본 기자와 이야기를 나누었다. 그는 노무현 대통령 팬은 아니었는데 이런 말을 했다. "노무현 대통령은 외신기자와 만나는 자리에서 사전에 승인된 질문 리스트를 한번 쓱 보고 나서 웃더니 '진짜 하고 싶은 이야기는 무엇인가요'라고 물었죠." 질문 주제에도 아무런 제약이 없었다고 한다. 필자도 문재인 후보를 인터뷰하며 같은 경험을 한 바 있다.

문재인이나 노무현을 칭찬하자는 게 아니다. 민주당이 집권 여당이었을 때의 정책을 살펴보면 (민주당이 야당이었을 때의 주장과 달리) 햇볕정책을 제외하고는 새누리당과 차별화되는 점을 찾기 어려울 정도다. 다만 문재인, 노무현 두 사람은 살아온 이력을 보건대, 보다 개방적이고 성숙한 민주의식을 가지고 있었던 것 같고, 외신기자의 집요한 질문 공세에도 거부감이 없었던 것만은 확실했다. 한국 정치인들 모두가 조금이라도 이런 자세를 가지고 있으면 좋으련만.

03

자유를 훼손하는
명예훼손법

　　　　　　한국에 있는 외신기자라면 누구나 놀라는 것이 있다. 바로 명예훼손법이다. 외신기자들이 한국에서는 사실을 적시해도 소송당할 수 있다는 점을 받아들이기까지는 꽤 많은 시간이 걸린다. 당신의 발언이나 글이 누군가를 불쾌하게 만들어서 기소되면, 해당 사실을 공표한 행위가 '공공의 이익'에 부합하는지 피고가 증명해야 한다. 공공의 이익이란 물론 매우 주관적인 판단이다. 공공의 이익을 위한 것인지 입증하는 것은 어디까지나 피고의 몫이므로 명예훼손법은 존재 자체로 언론의 자유를 제한할 수 있다.

　공공의 이익을 근거로 피고가 승소할 때도 있다. 2011년 11월 최종원 전 민주당 의원은 명예훼손 등의 혐의로 검찰에 기소됐다. 2011년 4

월 강원도지사 보궐선거 유세 과정에서 최 의원이 영부인 김윤옥씨가 "불법적인 방법으로 영향력을 행사해 국회에 한식 세계화 사업의 예산 배정을 요구했다"고 주장했기 때문이다. 이에 대해 재판부는 해당 발언이 공공의 이익에 관한 것이라며, 2014년 5월 최종원에게 무죄를 선고했다.

표현의 자유를 구하라

하지만 운이 따르지 않았던 사람들은 어떤가? 한국에서는 명예훼손으로 유죄 판결을 받으면 막대한 손실이 따르기 때문에 개인적으로 커다란 위험을 감수하지 않고서는 쉽사리 나서서 진실을 말할 수 없다. 이는 민주주의를 위협한다. 한국에서는 명예훼손이 민사법 적용을 받지 않고 형사재판에 회부되기 때문이다. 이런 점에서 2002년 "표현의 자유를 제한할 수 있는 형법상 명예훼손은 정당화할 수 없다. 따라서 모든 형법상 명예훼손죄는 폐지되고 필요시 적절한 민법상 명예훼손법으로 대체되어야 한다"고 밝힌 유엔UN, 미주기구OAS, 유럽안보협력기구OSCE의 공동성명은 주목할 만하다. 2002년 유엔인권위원회 역시 명예훼손을 범죄화하는 것은 언론의 자유에 위배된다는 유사한 입장을 표명했다. 간단히 말해, 형법상 명예훼손 존치는 국제적, 민주적 기준에 역행한다.

물론 형법상 명예훼손죄가 존재하는 민주국가도 있다. 미국의 17개 주에서도 한국과 마찬가지로 형법상 명예훼손죄가 존재한다. 하지만 실제 소송으로 이어진 사례는 극히 드물다. 1965년부터 2004년까지 명예훼손으로 유죄 판결을 받은 사례는 미국 전역에서 16건에 불과하다. 일본에서도 명예훼손은 범죄로 간주되나 실제로 유죄 판결을 받은 경우는 찾아보기 어렵다. 덴마크, 노르웨이, 스웨덴 등 유럽의 몇몇 성숙한 민주주의 국가에서는 명예훼손이 법전에만 존재할 뿐 실제로는 거의 적용되지 않는다. 영국은 2009년에 케케묵은 형법상 명예훼손법을 폐지해 현재는 민법상 명예훼손만 남아 있다. 사실 형법상 명예훼손법이 존재했을 때도 근대 이후 명예훼손으로 유죄 선고를 받은 사례는 전무하다. 명예훼손을 범죄로 처벌하는 국가는 그리스, 터키, 이탈리아 등으로 EIU에서 발표한 민주주의 지수에서 한국보다 순위가 낮은 국가들뿐이다(여기서 발표한 민주주의 지수에 따르면 그리스와 이탈리아는 '불완전한 민주주의', 터키는 '권위주의와 혼합된 민주주의'에 속한다).

2012년 이탈리아 법원은 한 신문사 편집장에게 14개월 형을 선고했다. 2013년 5월에는 주간지 『파노라마*Panorama*』 소속 기자 세 명이 특정 판사가 마피아와 연루되었다는 보도를 했다가 투옥됐다(두 명은 1년 형을, 다른 한 명은 8개월 형을 선고받았다). 이 두 사건은 민주주의 가치에 정면으로 배치되는 사례로, 이탈리아 언론과 법조계에 큰 파장을 몰고 왔다.

고소 천국

한국에서는 민주주의 국가로서는 드물게 형법상 명예훼손법이 빈

번하게 적용된다. 조현오 전 경찰청장이나 정봉주 전 민주당 의원 등
잘 알려진 최근 사례도 있지만, 이는 빙산의 일각이다. 2011년 출판물
에 의한 명예훼손 기소 사건이 9000건을 넘었고, 인터넷 관련 기소 사
건은 1000건 이상이었다.

　더욱 놀라운 것은 기소 건수가 최근 몇 년 사이 급격하게 늘고 있다
는 점이다. 민주화 이후 김대중 대통령 재임 시절까지 명예훼손 기소
건수는 연간 1000건 수준이거나 그 미만이었다. 그러다 노무현 정권
때는 두 배가량 늘었고, 이명박 정권에 들어서는 노무현 정권 대비 또
다시 두 배가량 늘었다. 감출 것이 많은 이들이 시대착오적이고 비민
주주의적인 법에 더 많이 기대고 있는 것 아닌가 싶다.

　한국 정부도 명예훼손법을 적극 활용해, 좌·우·중도를 가리지 않고
정부에 비판적인 세력은 모조리, 쉬지 않고 고소한다. 2014년 8월 일
본 산케이신문 기자가 세월호 참사 당시 박근혜 대통령의 행적에 의구
심을 나타내는 기사를 썼다는 이유로 기소되고 출국금지 조치됐다. 문
제의 기사는 세월호 참사 당시 박근혜 대통령이 모처에서 정인과 함께
있었다는 취지의 내용이었다. 터무니없는 주장일 수도 있다. 하지만
해당 기자에게 출국금지 조치를 내린 것은 더욱더 터무니없는 처사다.
심지어 윤병세 외교부 장관은 해당 사안에 대해 일본 외무상에게 유감
을 표시하기도 했다. 마치 일본 정부가 일본 언론을 통제해야 한다는 듯
이 말이다(아베 정부가 국민의 알 권리와 언론의 자유를 침해할 소지가 있는
특정비밀보호법을 시행한 것을 보면 안타깝게도 윤 장관이 틀린 것만은 아닌 듯
하다).

　명예훼손이 '불완전한' 민주주의 국가나 독재 정권에서 유독 심각한

문제로 취급되는 것은 우연이 아니다. 권력자를 비판하려는 기자나 논평가를 주저하게 만드는 현상을 '위축 효과chilling effect'라고 한다. 한국에서는 명예훼손 위반으로 최대 7년 형까지 선고받을 수 있으니, 재갈 물리기 효과가 상당하다.

가끔 필자 주변의 한국인들에게 위축 효과 이야기를 하면 이런 대답이 돌아온다. "한국은 영국이나 미국과 다릅니다. 한국은 정치문화가 성숙하지 못해서 엄격한 법이 없으면 허위사실을 유포하는 사람들이 생길 겁니다." 필자는 한국은 다르다며 자국을 폄하하고 서방 국가를 특별 취급하는 논리를 좋아하지 않는다. 혹시 거기에는 서구인들은 정치적으로 성숙한 어른이고 한국인들은 어린이라는 발상이 깔려 있지는 않은가? 스스로를 보호하기 위한 논리일지 모르지만, 자국민을 모욕하는 발언임은 물론 사대주의를 노골적으로 드러낸 말이다.

무엇보다 허위사실 유포에 대해서는 여타 민주국가에서 이미 그렇게 하고 있듯 구금 없는 벌금만으로도 충분한 처벌이 될 수 있다. 일부가 주장한 대로 한국은 '다르다'고 한번 가정해보자. 다르다고 하더라도 특정인에 대한 공개적 의혹 제기를 막기 위한 목적으로 형법상 명예훼손법을 존치해야 하는가에 대해서는 득실을 따져보아야 한다. 한국에서는 왜 부패가 견제되지 않는가? 노동자나 일반 대중의 안전을 도외시하며 편법을 일삼고도 처벌받지 않는 기업이 왜 이리 많은가? 여기에는 개인적으로 커다란 위험을 감수해야만 공정 보도가 가능한 언론 환경도 분명 한몫한다고 본다. 더욱 안전하고 책임 규명이 가능하며 부패가 덜한 사회와, 허위사실을 유포하고 다니는 사람이 적은 사회 둘 중 하나를 골라야 한다면 나는 망설이지 않고 전자를 택하겠다.

부패와 권력 유착

한 가지 덧붙이자면, '군림하기 위해 태어난' 듯한 태도로 일관하는 수많은 정치인, 공무원, 엘리트 사업가 등의 문제도 지적하고 싶다. 내가 만난 권력층 중 상당수는 자기가 맡은 자리가 마치 타고난 권리라도 부여해주는 양 행동하고 자신을 방해하는 사람은 모두 '좌빨'이거나 말썽을 부리는 사람으로 간주했다. 이런 태도와 엄격한 명예훼손죄가 결합되어 있는 한 한국에서 부패, 유착의 고리는 절대 끊어지지 않을 것이다.

최근 가장 심각한 사례는 세월호 참사 이후 드러난 해운사들과 규제감독기관 간의 유착이었다. 하지만 이뿐이 아니다. 외신기자로 일할 때 은행 고위 간부들과 금융위원회 등 규제 당국 간의 회의에 여러 번 참석했는데 서로 너무나 친해서 매번 놀랐다. 이들은 엄연히 피감 대상과 감독기관 관계다. 말하자면 밀렵꾼과 파수꾼의 관계와 같다. 필자가 아는 금융위원회 간부 한 명은 금융위원회보다 훨씬 높은 연봉을 줌직한 국영 은행의 요직을 꿰찼다. 웃기거나 말거나 은행장들의 농담에 매번 맞장구를 쳐주며 굽실거린 보람이 있었다.

그 간부는 다른 외신기자에게 "우리는 금융위원회financial service commission이니 금융 산업을 위해 '봉사serve'해야죠"라고 말한 적도 있다. 그 발언에 매우 시장 친화적인 필자의 동료조차 충격을 받았다. 금융 규제 당국의 역할은 은행을 규제하는 것이지 도와주는 것이 아니지 않은가! 금융위원회 간부가 이런 사고방식을 가지고 있으니, 동양그룹의 법정관리 신청으로 4만여 명 넘는 소비자들이 1조 7천억 원의 피해를 봤을 때 감사원이 금융위원회나 금융감독원 등의 금융 관리 감독 미흡을 문제로 지적한 것이 새삼스레 놀랍지도 않다.

한번은 한 은행장이 외신기자들에게 "날 잡아서 골프나 치러 갑시다"라고 제안했다. 은행장한테는 들리지 않는 거리에 있던 동료 외신 기자가 "글쎄요, 그건 내 기준에 부적절한 일입니다. 미안합니다"라고 대답했는데, 나만 들었다. 외신기자보다는 한국 기자들이 타깃인데 우려스럽다. 어떤 은행이 법규를 어기는데 그 은행장이 나를 고급스러운 골프장에 데려가서 각계 엘리트 인사를 소개시켜준 지인이라면 어떻게 그를 조사하고 비판하는 기사를 쓰겠는가?

은행가들과 규제 당국이 글로벌 은행을 지향하며 한국형 '메가뱅크'(예를 들어 국민은행과 우리은행을 합병하여)를 설립하고 경쟁력 확보를 내세워 탈脫규제를 외친다면 꼭 기억하시라. 느슨한 규제를 받는 한국형 '메가뱅크'는 시한폭탄이라는 점을. 왜냐고? 한국에서 어떤 기자들은 은행가, 관리감독기구 사람들과 지나치게 친밀하기 때문이다.

04

언론의
나팔 소리

　　"그렇게 기사 쓰면, 당신 바보 되는 겁니다!"

　외신기자들 사이에서 꽤나 악명 높았던 유명 대기업의 대외 홍보팀장이 있다. 그 사람은 일반적인 기업 홍보 담당자들과는 딴판이었다. 외신기자들을 자기 직원 다루듯했고 때로는 노예 취급하기도 했다. 무례하기는 기본이고, 자신의 학벌과 직장 경력을 내세워 영향력을 휘두르는 일이 다반사였다.

　한번은 필자의 상사이기도 했던 『이코노미스트』 수석기자가 출장차 며칠 한국에 와 있을 때 문제의 홍보팀장을 같이 만난 적이 있다. 수석기자는 한국에 대해 별로 아는 바가 없었다. 하지만 재벌 총수들을 체포하고 과징금을 부과하던 박정희 대통령이 재벌 기업을 적극 활용해 경제를 개발하는 방향으로 선회했고, 그 덕분에 국가의 전폭적인 지원을 발판으로 한국 재벌 기업이 독과점 대기업으로 성장했다는 배경에 대해서는 읽은 바 있었다.

수석기자는 홍보팀장에게 회사가 정부의 오랜 지원 덕에 성장했으니 나라에 고마워해야 하는 것 아니냐고 물었다. 수석기자는 단지 악역을 맡아 상대편이 난처해할 수도 있는 질문을 던졌을 뿐인데, 홍보팀장은 호통을 치고 수석기자 면전에 삿대질을 하며 발끈했다. "우리 회사는 전 세계에 주주를 거느리고 있는 명실공히 글로벌 기업입니다!" 자신의 회사는 국내 토종 기업이 아니며, 1960~1970년대 일은 이미 과거지사라는 게 요지였다. 그는 "우리 회사를 21세기 글로벌 기업으로 보지 않고 다른 측면에서 기사를 쓰면 당신 바보 되는 겁니다"라고 으박질렀다.

그런 상사 밑에서 일하는 게 딱하게 느껴질 정도였던 홍보실 직원은 또 내 수첩을 흘끔거리기에 바빴다. 수석기자와 나는 미팅 내내 논의 내용을 수첩에 정리하고 있었는데, 그는 내가 뭘 쓸 때마다 대놓고 쳐다봤다. 내 글씨가 악필인 게 천만다행이었다. 참다못해 거슬린다는 눈치를 줬더니, 그제야 무안해했다. 홍보실 직원은 나중에 우리에게 전화를 걸어 사과하며 창피해서 어쩔 줄 몰라했다. 홍보팀장이 신사였다면 직접 사과 전화를 했을 것이다.

비단 나뿐이 아니었다. 다른 외신기자들도 악명 높은 홍보 담당자를 대한 것과 비슷한 경험이 있었다. 파이낸셜타임스 기자에게는 자기 회사에 부정적인 기사를 내보내면 광고를 빼버리겠다고 여러 번 으름장을 놓았다고 한다. 『이코노미스트』의 다른 기자도 비슷한 경험을 한

적이 있다고 했다.

홍보 담당자가 어떻게 기자들을 그런 식으로 대할 수 있는지 정말 의아하다. 기자라면 의당 어떤 대우를 받아야 한다는 뜻이 결코 아니다. 그래도 관계의 역학을 굳이 따져야 한다면 홍보 담당이 소위 말하는 '을'이고 기자가 '갑'의 위치에 놓일 것이다. 물론 기자를 설득해서 회사에 유리한 기사가 나오게 하는 것이 홍보 담당자의 일이다. 회사에서도 '을'인데 기자와 일할 때도 '을' 신세를 면하지 못하니 유쾌하지는 않을 것 같다. 게다가 두 '갑'은 매우 다른 것을 요구한다. 회사는 당연히 찬양 일변도의 기사를 원하고, 기자는 제대로 된 기사를 쓰려고 하기 때문이다.

그런데 한국에서는 그 사정이 조금 달라진다. 사실 『이코노미스트』의 경우 광고 수입이 전체 수입의 3분의 1에 불과해 특정 광고주가 회사 전체에 실질적인 영향을 미치는 일은 거의 없다. 그러니 광고 빼버리겠다는 으름장은 먹히지 않는다. 반면 한국에서는 언론사 수익에서 광고가 차지하는 비중이 매우 높아 대기업이 얼마든지 영향력을 행사할 수 있는 상황이다. 대기업 홍보팀은 약점을 가진 한국 기자들을 함부로 다루는 데 너무 익숙한 나머지 외신기자들에게도 무례를 저지르고 만 것이다.

다른 대기업 홍보 담당자는 "내가 요구만 하면 우리 할머니 팔순 잔치 기사도 써줄걸?"이라며 특정 신문에 막강한 파워를 휘두를 수 있다고 으스댔다. 또다른 신문에는 돈을 써서 회사에 부정적인 온라인 기사를 내린 적이 있다며, 한국 신문사들이 재정적으로 취약하기 때문에 가능한 일들이라고 귀띔했다. 전 세계적으로 볼 때 페이스북이나 구글 등 자체적으로 뉴스 콘텐츠를 생성하지도 않는 신생 온라인 매체들이 상당한 광고 수입을 올리고 있어 기존 신문사들은 쇠퇴 일로로 치닫고 있다. 한국도 예외가 아니며, 이런 상황 때문에 신문사 광고주들의 입김은 더욱 거세져 더욱 많은 것을 요구할 것이다.

조여오는 재갈

한국 언론사들이 투명성을 지키고 민주주의를 수호하는 본연의 역할에 충실하지 못한 것은 광고를 빌미로 영향력을 행사하는 대기업의 횡포 때문만은 아니다. 보다 근본적인 원인은 우리 모두가 알고 있다. 공영 방송사에 간섭하는 정부, 명예훼손과 같은 법적 제한, 온라인 콘텐츠에 대한 제한, 과도한 이념 논쟁에 따른 진영 분열로 거의 모든 기사가 윤색되는 상황 등도 모두 원인으로 볼 수 있다. 필자는 개인적으로 스스로를 기득권으로 인식하는 기자들도 문제로 지적하고 싶다. 실제로 유명 언론인의 정계 입문이 일상화되지 않았는가?

한국 언론과 민주주의 간의 빈약한 연결고리는 더이상 논의할 필요도 없을 정도다. 우리에게 진정 필요한 논의는 그 맥락이다. 한국의 언론 환경은 어떻게 변하고 있는지, 다른 나라는 어떤지에 대한 논의가 필요하다. 두 가지 측면 모두 심히 우려되는 실정이기 때문이다.

노무현 정부 후반부터 한국 언론의 자유는 절대적 기준으로 보나 상대적 기준으로 보나 꾸준히 후퇴해왔다. 2006년 국경없는기자회 연간 보고서에 따르면 한국 언론의 자유는 7.75점(점수가 낮을수록 자유도가 높고, 0.5가 최고 점수)으로 세계 31위를 기록했다. 2013년에는 언론자유도 지수가 24.48점으로 치솟아 세계 50위를 기록했다. 2014년에는 상황이 더 악화돼 25.66점을 기록하며 세계 57위를 차지했고, 급기야 2015년에는 26.55점으로 세계 60위를 기록해 아이티, 파푸아뉴기니, 말라위보다 언론 자유가 보장되지 않는 것으로 나타났다. 한국 정부는 늘 숫자와 세계 순위에 신경 쓰는 것 같은데 언론자유도지수 순위 등은 예외다.

2011년 국제 언론감시단체인 프리덤하우스는 한국을 '언론 자유국'에서 '부분적 언론 자유국'으로 하향 조정했다. 공식적인 검열 증가, 언론에 영향을 행사하려는 정부의 입김, 언론인들의 반대를 뿌리치고 대통령의 측근을 주요 언론사 고위 보직에 앉힌 결과였다.

KBS, MBC 등 주요 방송사에 몸담고 있는 언론인들과 직접 이야기해보면 국경없는기자회나 프리덤하우스 등 국제기관의 정량적 평가가 결코 틀리지 않은 듯했다. 나는 KBS 기자나 PD 등을 만날 때면 "이명박 정부 때보다 박근혜 정부 하에서 언론의 자유도가 떨어졌는가?" "노무현 정부 때보다 이명박 정부 하에서 언론의 자유도가 떨어졌는가?"라는 질문을 자주 하는데 돌아오는 대답은 한결같이 "그렇다"이다. 정부를 비판하다가 지방 지국의 한직으로 밀려난 동료, 자기검열을 강화하는 동료, '윗선'으로부터 특정 뉴스를 비중 있게 다루지 말라는 지시를 받았다는 동료 이야기 등도 들었다.

언론과 표현의 자유에 대한 제한은 갈수록 심해지고 있다. 인터넷을 살펴보자. 2008년에서 2012년 사이, 페이지 삭제와 웹사이트 폐쇄 등을 포함한 방송통신심의위원회의 시정 요구 건수가 급격히 늘었다. 2008년과 2009년 시정 요구 건수가 각각 15,004건, 17,636건에서 2010년에는 41,103건으로 수직 상승했고, 계속 증가해 2011년에는 53,485건, 2012년에는 무려 71,925건으로 늘어났다. 청년들이여, 경쟁이 치열한 작금의 상황에서 취업을 걱정하고 있다면 인터넷 검열관이 되는 것을 적극 고려해봐야 하지 않을까? 이 정도로 수요가 급증하는 직업군이 또 어디 있겠는가?

한국 언론의 자유나 표현의 자유를 논할 때 빠지지 않는 것이 국가보안법 문제다. 하지만 보안법 문제를 언급하는 순간 '보수'의 수에 말려들게 된다. 필자가 보안법 폐지나 개정이 필요하다고 하면 한국 보수층은 북한의 위협을 이해하지 못한 외국인의 발상이라고 쏘아붙일 것이다. 물론 한국인들이 이런 주장을 했다가는 바로 '빨갱이' 소리를 듣게 된다. 보안법 존폐 여부를 떠나 더 중요한 것은 지난 몇 년간 보안법을 빌미로 한 기소 건수가 증가 일로에 있다는 점이다. 2013년 무려 118명이 보안법 위반으로 기소되었는데, 이는 93명이 기소된 2003년 이래 최대 수준이다. 30명 아래로 기소 건수가 뚝 떨어졌던 2006년 대비 거의 다섯 배 증가한 셈이다.

전 영역을 살펴봤을 때 보안법 위반 혐의 기소의 증가 추세가 가장 놀랍다. 10년 후에는 도대체 어떻게 될까?

부분적 언론 자유국

세계적으로는 표현의 자유가 증대되고 있는데, 한국만 역행하고 있다면 차라리 나을지도 모른다. 하지만 상황은 암울하다. 프리덤하우스 2014년 연간 보고서에 따르면 전 세계적으로 언론 자유도가 10년 만에 최저 수준을 기록한 것으로 나타났다. 이와 같은 결과는 앞에서 말한 것처럼 민주주의가 전반적으로 침체를 겪고 있는 추세를 반영한 결과이기도 하지만, 뒤집어 말하면 그만큼 권위주의가 점점 더 만연하고 있다는 뜻도 된다. 오늘날 반+독재자들은 무식하게 탱크를 앞세우는 대신 언론을 이용해 교묘하게 통치하는 방법을 터득해가고 있다.

바로 이 때문에 '언론 비자유국'이나 '언론 자유국'처럼 명백하게 구분되는 국가보다 애매모호한 '부분적 언론 자유국'에 속하는 나라가 더 흔해진 것이다. 부분적 언론 자유국이란 국민이 자신들의 나라가 실제보다 더 민주적이라는 착각을 일으킬 정도까지만 일부 비판을 허용하거나 언론의 독립성을 용인하는 국가를 뜻한다. 99퍼센트의 투표율에 98퍼센트의 찬성 표를 받는 북한처럼 비현실적인 지지를 받아야만 국가를 통치할 수 있는 것은 아니다. 정부를 지속적으로 지지하는, 평균을 상회하는 국민만 확보하면 충분하다. 집권 세력에 동조하는 인물을 규제 당국, 사법 당국에 앉혀놓고 언론을 이용해 과반수의 국민을 설득할 수만 있다면 얼마든지 가능하다. 모든 선거에서 이길 필요도 없다. 결정적으로 중요한 선거에서만 이기면 만사형통이다.

냉전 종식 이래 언론 비자유국은 83개국에서 66개국으로 줄어들고, 언론 자유국은 57개국에서 63개국으로 소폭 증가했다. 반면 부분적 언론 자유국은 1989년 19개국에서 2014년 68개국으로 크게 늘었다(조사 대상 국가가 늘어나기도 했다). 여러 나라의 지도자들이 대놓고 독재를 휘두르기보다 교묘한 언론 플레이를 하거나 미묘하게 언론을 통제하

는 것이 더 쉬운 통치 방법임을 터득했기 때문이다. '부분적으로 자유
로운 언론 환경'이 민주주의의 실질적 전장戰場이 되고 있다.

　민주주의의 수호자를 자임하고 한국에 지대한 영향을 미치는 미
국마저 점차 금권정치, 언론시장 독과점 경향을 띠며 부분적 언론 자
유국으로 후퇴하고 있는 현실도 우려되는 부분이다. 국경없는기자회
2014년 보고서에 따르면 미국의 언론 자유도 순위는 전년 대비 무려
14단계나 하락해 세계 46위를 기록했고, 2015년에는 49위로까지 떨어
져 언론의 사유가 크게 훼손되고 있는 것으로 나타났다. (오바마 대단하
지 않나!) 뿐만 아니라 미국의소리VOA 방송에서 자국 외교정책을 홍보
할 수 있도록 하는 내용을 골자로 한 법안이 국회에 상정될 예정이다
(집필 시점 기준). VOA는 이미 선전에 상당히 몰두하고 있지만 지금까
지는 그래도 VOA의 관점을 반영해왔다. 만약 해당 법안이 통과되면,
VOA는 러시아투데이RT나 이란의 프레스 TV Press TV 같은 대외선전 방
송으로 쉽게 전락할 수 있다. 러시아투데이나 프레스 TV는 뉴스와 선
전을 교묘하게 섞어 방송하는 대외홍보 통신사로서 언론이 독재의 수
단으로 활용되는 대표적인 사례로 꼽힌다.

　그렇다면 교묘한 통치 수법을 터득한 지도자들이 이끄는 21세기 신新
권위주의는 어떻게 작동할까? 중국과 러시아에서는 자기검열 효과가
상당하다. 밥줄이 끊길지 모르는 위협과 지방 한직으로 밀려나거나 법
적 소송을 겪을 가능성 때문에 대부분 몸을 사린다. 이 때문에 정부는
사실상 아무것도 할 필요가 없다. 오히려 "우리가 뭘 했나?"라고 반문
한다. 하지만 알 만한 사람들은 다 안다.

　게다가 국영 언론사 대표 자리는 대부분 친親정부 인사들 차지다. 예

를 들어 러시아의 통신사 리아 노보스티RIA Novosti는 최근 라시야 세고드냐Rossiya Segodnya로 편입됐는데, 이는 드미트리 키셰료프Dmitry Kiselyov라는 친정부 언론인이 이끌고 있다. 이와 대조적으로 영국이 아직까지 언론 환경 면에서 비교적 자유로운 이유 중 하나는 BBC가 높은 수준의 독립성을 유지하고 있으며 방송 프로그램의 질도 높기 때문이다. 한편 민영 언론사의 경우, 권위주의적 정부에 충성하는 언론사는 편애 대상이 되는 반면, 정부를 비판하는 언론사는 법적 소송을 겪거나(2009년 터키 정부는 정부에 비판적인 도안Dogan 통신사만 표적 수사해 25억 달러 상당, 한화로 2조 7000억 원 넘는 세금 과징금을 물렸다) 언론사 설립 허가 자체를 거부당하기도 한다. 싱가포르의 경우 언론사를 운영하려면 정부의 허가를 받아야 하고, 허가를 받은 언론사라도 향후 정부의 판단에 따라 언제든 허가가 취소될 수 있다.

온라인 미디어도 예외는 아니다. 신권위주의는 드러내놓고 탄압하기보다는 교묘하게 개입한다. 중국 정부가 수천 명의 '댓글 알바'를 고용해 일반인인 척하며 친정부 성향의 댓글을 달게 하는 것도 이 때문이다(50전을 받고 댓글을 단다는 뜻에서 오모당五毛黨으로 불린다). 중국에도 트워터의 짝퉁인 웨이보가 존재하지만(트위터는 물론 막혀 있다) '민감한' 글들은 삭제된다. 러시아에서는 나시Nashi라는 청년단체가 푸틴 대통령을 옹호하는 댓글로 온라인을 도배했다. 나시는 사라졌지만 온라인을 도배하는 친정부 댓글은 계속되고 있다.

정도는 약하지만 한국에도 이런 행태가 존재하는 것 같다. 방송통신심의위원회의 개입 수위가 높아지면서 차단되거나 폐쇄되는 웹사이트가 있는가 하면 특정 글이 삭제되기도 한다. 대선을 앞두고 국정원 직원들은 트위터에 박근혜를 옹호하는 글과 문재인을 폄훼하는 글을 무더기로 올리기도 했다. 기자들은 정부나 대기업을 건드렸다가 일자리를 잃거나 강등될까봐 몸을 사린다. 왜 기자나 방송사 직원들은 활동에 제약이 있다고 불만을 호소하는가? 종합편성채널 허가를 받은 언론사는 어떤 회사들인가? 한편 JTBC가 손석희를 보도 담당 사장으로 임명하자 방송통신위원회는 JTBC의 편파 방송 검열을 강화했다. 방송통신위원회는 상습적으로 편파 방송을 내보내는 다른 종합편성채널은 가만두고 왜 유독 JTBC만 걸고 넘어지는 걸까?

예를 들어 채널A 뉴스는 박근혜 대통령 유럽 순방의 명장면으로 '드라마틱한 등장' '유창한 외국어' '패셔니스타 박'을 꼽았다. 박 대통령을 향해 격찬을 쏟아내는 채널A는 가만두면서 손석희 사장에게만 경고를 날리는 이유는 무엇인가? 그런가 하면 MBC는 박 대통령이 (솔직히 상대적으로 그리 중요한 행사가 아닌데도) 핵안보정상회의에서 연설한 장면을 주요 꼭지로 보도하고 애국심을 불러일으키는 음악과 앵커들 뒤로 박 대통령의 얼굴이 담긴 큰 사진을 보여주었는데, 그 의도가 뭘까? 정부를 비판하는 보도는 안 되고 노골적인 친정부 편향 보도는 아무 문제가 없다.

이런 이슈들은 별문제 아니라고 보통 사람들을 설득할 수도 있다. 바로 그 점이 고단수다. 각각 단일 사안으로는 대수롭지 않아 보일지 모르지만 퍼즐을 맞춰 전체 그림을 보면 미심쩍은 주장투성이다.

"북한을 지지하고 선동하거나 명백한 허위사실을 유포하는 웹사이트는 폐쇄해야 마땅하다" "재정 상황을 포함해 높은 수준의 프로그램을 제작할 수 있는 역량이 있는지 따져봤을 때 조선일보, 동아일보, 중앙일보가 종합편성채널 설립 허가를 받은 것은 당연하다" "JTBC는 한 꼭지에 관점이 같은 게스트만 출연시켜 공정성과 객관성에 관한 방송 심의규정을 위반했다. 다른 방송사에 관해서는 각 사안별로 문제를 따져봐야 한다. JTBC가 중징계를 받았다고 해서 다른 종합편성채널 방송사에도 중징계를 내릴 수는 없는 노릇이다" "자기검열 이론은 입증 가능한가? 직접적인 증거가 어디 있는가?" "트위터에 글 좀 올린 것으로 박근혜가 대선에서 이겼다고 생각하는가?"

2013년 10월 김한길에 따르면 박근혜 대통령은 "그렇다면 제가 댓글 때문에 대통령에 당선됐다는 것인가"라고 언급했다. 정말 트위터의 글이 대선 당선 결과를 좌우하지 않는다고 생각했다면 수고스럽게 굳이 공들여 친박근혜, 반문재인 글을 올렸을 리 만무하다. 선거 개입 의도는 명백하다. 그리고 그 점이 중요하다. 게다가 국정원의 선거 개입이라는 초유의 파문이 있었지만, 이후 국정원에 달라진 점이 있던가?

합리적인 진보 언론을 기다리며

물론 한국에도 정부를 비판하는 언론은 많이 있다. 대표적인 정부 비판 언론사들은 정부가 하는 거의 모든 일에 트집을 잡는다. 상당히 권위적인 국가에서도 정부 비판 언론은 존재한다. 어떤 측면에서 보면 비판 언론은 정부에 도움이 되기 때문이다. 정부 비판 언론이 존재한다는 것 자체만으로 민주주의가 보장되는 것 같은 착시를 일으킨다. 동시에 정부 비판 세력이 극단적인 그룹이나 비주류로 인식되게 하는

데 도움이 된다. 개인적으로 정부 비판 언론에는 어떤 제약도 두지 않고 원하는 만큼 공격적인 보도를 허용하는 편이 어느 정부에든 오히려 득이 된다고 생각한다. 사실 정부 비판 언론이 정부에 위협이 되는 때는 그들이 합리적 중도 노선을 지향하는 시점이다.

한겨레신문은 권력을 견제하는 정부 비판 언론의 역할에 충실하다. 하지만 인기는 없다. 한국ABC협회에 따르면 2012년 기준 한겨레신문의 1일 발행 부수는 27만 부에도 못미치는 반면 조선일보, 중앙일보, 동아일보는 각각 176만 9천 부, 129만 2천 부, 106만 부에 달했다. 심지어 농민신문 발행 부수도 한겨레신문보다 많았다.

2012년 대선 때 문재인 후보의 득표율이 48퍼센트에 달한 걸 보면 더 많은 사람들이 한겨레신문 등 정부 비판 성향의 신문을 읽을 법한데 의아했다. 야권 지지 성향의 친구들에게 왜 한겨레신문을 보지 않느냐고 물었더니 한 명은 "너무 지나쳐서"라고 대답했다. 주야장천 정부 비판 일색이라는 얘기다. 다른 한 명은 "우리 아버지는 한겨레신문을 구독하고 싶어하지만 지하철에서 신문 펼치기를 불편해하신다. 한겨레신문을 보는 것 자체가 좌파의 상징이기 때문"이라고 귀띔했다. 물론 필자의 주관적인 생각이지만, 더욱 '합리적인' 진보 성향의 신문, 좀더 균형감각 있고 잘한 게 있을 때는 때때로 정부를 칭찬할 줄도 아는 신문이 더 많은 독자에게 어필하겠다는 느낌을 강하게 받았다.

온라인 미디어도 다르지 않다. 팟캐스트 '나는 꼼수다'(이하 '나꼼수')는 기존 정치인들이 해내지 못한 방식으로 대중에게 폭넓게 파고들었다. 나꼼수는 정치 비평도 재미있게 할 수 있다는 걸 보여주었다. 그러나 폭로전에 열중하는 과격한 나꼼수를 거북해하는 사람도 생겨났다.

뿐만 아니라 나꼼수는 의도치 않게 노년층 유권자를 대거 집결시켜 박근혜에 대한 지지를 더 공고하게 하는 데 기여하기도 했다.

트위터 쪽은 더 심각하다. 내 트위터 계정 팔로어의 절반은 진보 진영을 옹호한 것으로 받아들여진 트윗 두 개로 얻었다고 해도 과언이 아니다. 문제의 트윗 이후 필자의 팔로어 중 다수가 박근혜는 악마 독재자 혹은 사이코패스라는 등 과격한 답글을 무더기로 남겼다. 트위터에서는 극단적인 표현을 사용할수록 더 많은 팔로어를 얻는 것 같다. 그런데 가만히 보니 같은 계정이 계속해서 박근혜나 박정희, 또는 독재 시대에 대한 내용을 반복해서 올리는 게 아닌가. 트윗이 수천 번 리트윗된다고 모든 트위터 유저가 그 글을 다 보는 것은 아니다. 단지 비슷한 성향의 사람들끼리 같은 내용을 반복적으로 보면서 다른 사람들이 보기에는 너무 극단적이다 싶은 관점을 더 강화할 뿐이다.

한국이라는 환경에서는 온라인이든 오프라인이든 진보 언론은 정부에 반감을 가진 사람들의 성향을 강화시킬 뿐이다. 이대로는 KBS 뉴스처럼 미묘하게 편향된 주류 언론에 영향을 받는 중도 유권자층을 설득할 수 없다. 정말 효과적인 정부 비판 언론이 되려면 진보적이되 합리적인 관점에서 때로는 정부를 칭찬할 줄도 알아야 한다. 또한 건강, 생활, 음식 같은 주제처럼 비정치적인 '소프트'한 내용도 보강해야 한다. 지적이면서도 쉽게 다가갈 수 있는 미디어를 지향해야 한다.

05

철학이 없는
가짜 보수와 진보

갈수록 많은 사람이 민주주의에 환멸을 느끼고 있다. 여러 민주주의 국가에서 사실상 '선택'이 무의미해졌다는 인식이 퍼지고 있는 것도 한 가지 요인이다. 영국도 그중 하나다. 과거에는 차별화된 노선이나 지향점을 기반으로 노동당과 보수당 중 어떤 당을 지지할지 선택할 수 있었다. 1990년대까지만 해도 양당의 정책은 판이하게 달랐고, 심지어 국회의원들의 말투까지 다를 만큼 색깔이 선명했다.

그러나 대부분의 영국인들은 이제 "정치인들은 다 똑같다"고 말할 것이다. 노동당이든 보수당이든 옥스퍼드 대학 출신에 싱크탱크를 거치거나 의회 연구원 등을 지내고 윗선에 잘 보여 공천받아 국회의원이 된 사람들로 가득하다. 표면상으로는 자랑스러운 민주주의 전통을 이어오고 있는 것처럼 보이지만 면밀히 살펴보면 학연이나 충성도에 따라 당의 선택을 받는다는 점에서 중국 정치인들과 다를 바 없다. 영국은 양당 체제이고 중국은 일당 체제일 뿐이다.

현 세대 영국 정치인들이 스스로를 얼마나 '좌' 또는 '우'로 인식하는지는 약간의 차이가 있겠으나 어느 쪽이든 세계화를 옹호하는 관점은 비슷하다. 이제 노동당 의원들마저 마거릿 대처와 토니 블레어 총리에게 영향을 받은 자유무역주의자들이다. 대부분은 상당한 특권층 출신에 출세 지향적이다. 특색 없이 진부한 점도 닮았다. 출세 지향적인 인물들이 으레 그렇듯 본인의 목소리를 내기보다는 윗선의 말만 반복하니 지루할 수밖에 없다.

한국에는 진정한 자유시장이 존재한 적이 없다

한국은 영국과 다르다. 하지만 다른 측면에서 한국 정치인들 역시 '다 똑같다'. 한국 정치인들은 인정하지 않겠지만 말이다. 새정치연합은 당의 역사나 배경상 보다 민주적이고 개방적이다. 남북관계에 있어서도 햇볕정책에 따른 대북 화해, 협력을 추구한다. 그러나 집권 여당이 되었던 때를 보면 대북정책을 제외하고는 새정치연합도 새누리당스럽다.

필자 주변의 많은 중도좌파 친구들이 애틋한 감정을 가지고 있는 노무현 대통령을 예로 들어보자. 인간적으로 좋은 사람이고 성숙한 민주정신을 토대로 좋은 뜻을 펼치려 했던 대통령이라는 점은 부인하지 않겠다. 여러 방면에서 많은 제약이 있었기에 재임 시절 마음껏 뜻을 펼치지 못한 점도 물론 인정한다. 그러나 노 대통령 집권기의 대기업정책이나 전반적인 경제정책은 과거의 연장선상에 있었다. 정규직과 비정규직 간의 격차는 더 벌어지고, 한미자유무역협정은 한층 적극적으로 추진됐으며, 갖가지 경제 범죄를 저지른 대기업 총수들도 줄줄이 사면됐다. 모두 민주당이 야당일 때 반대했던 사안들이다.

2004년 5월, 하루는 충무로역에서 야구모자를 눌러쓴 노인이 내 쪽으로 오더니 영어로 노무현은 '핑코pinko'라고 말했다. 핑코는 미국 노년층이 '빨갱이'를 폄하할 때 쓰는 말이다. 야구모자를 썼는가의 여부를 기준으로 한국 노인의 정치적 견해를 비교하는 사회학 연구를 하면 재미있을 것 같다. 그건 그렇고, 노무현이 빨갱이라고 주장하는 사람들에게 내가 늘 하는 말이 있다. 노무현이 정말 빨갱이였다면, 실패한 빨갱이였다고. 노 대통령 재임 시절이야말로 자본가들에게는 호시절이었다. 부동산 가격은 폭등했고, 코스피 지수는 592.25에서 1949.51로 급등했으니, 투자자 입장에서는 역대 최고 대통령이라고 해도 과언이 아니다. 물론 코스피 지수가 급등한 것이 나쁘다는 말은 아니다. 나도 주식에 투자하고 있다.

표면적으로 새정치연합과 새누리당을 구별할 수 있기는 하다. 거슬러 올라가면 뿌리부터 다른 부족처럼 오랜 세월에 걸쳐 두 당은 서로 다른 역사를 써왔기 때문이다. 하지만 두 당의 정책과 정책을 뒷받침하는 사고방식은 본질적으로 별로 다르지 않다. 필자는 2010년 안희정 당시 충청남도 도지사를 인터뷰한 적이 있다. 그때 그가 "자유시장 이데올로기를 믿는다"고 말했던 것을 아직도 생생하게 기억한다.

그러나 한국에서는 대기업 우선주의 때문에 진정한 의미의 자유시장이 존재한 적이 없다. 더욱 안타까운 것은 앞으로도 그것이 영영 불가능할지 모른다는 점이다. 대기업이 사실상 거의 모든 것을 장악하고 있기 때문이다. 새로운 사업 기회가 생겨도 금세 대기업 차지가 되며, 대기업의 독주에 방해되는 존재들은 금세 박살나고 만다. 나한테도 이것은 남의 일이 아니다. 신세계가 최근 반포천 복개주차장 상가에 1,322제곱미터(400평) 규모의 수제 맥주점을 열었기 때문이다. 심지어 신세계는 덴마크산 맥주 미켈러도 판매한다고 한다. 미켈러는 2014년 말, 내가 친구들과 함께 운영중인 맥주집에 들여오기 전까지는 한국에 잘 알려져 있지도 않았다. 전국경제인연합회(이하 '전경련')는 자유시장이란 미명 아래 자유방임정책을 끊임없이 옹호하지만, 실제로는 수년에 걸쳐 합법적 또는 불법적인 방법으로 경쟁을 제한해왔다. 또한 정부, 사법부, 공정거래위원회 등 다양한 공적 주체들은 분쟁이 있을 때마다 빈번하게 전경련의 손을 들어주는 것 같다.

전경련이 내세우는 자유시장은 미국 신자유주의자들이 열렬히 신봉하는 자유시장과 다르다. 미국에는 진정한 자유시장이 존재한다는 말이 아니다. 하지만 미국 전 공화당 하원의원 론 폴Ron Paul과 같은 신자유주의 신봉자들은 시종일관 정부 개입을 최소화하려고 애쓴다. 반면 한국의 사이비 자유시장주의자들은 정부가 허가해주는 독과점 혜택을 누려왔고, 막대한 규모의 정부 계약을 따내고 국민의 혈세로 제공되는 전기 사용료 등의 보조금을 받으면서도 사회에 기여하라는 요구에는 사회주의 운운하며 불평을 늘어놓는다. '나 먼저'라는 믿음 외에는 별다른 철학이 없다. 일종의 '신자유주의 경전'이라고 할 수 있는

『이코노미스트』에서 기자로 일하던 시절, 한국을 방문한 영미권 시장 옹호주의자들을 만날 기회가 여러 번 있었는데, 한국의 시장 환경이 실망스럽다고 말한 사람이 한두 명이 아니었다. 진정한 신자유주의 대신 '국가 자본주의', 나아가 '정실 자본주의'뿐인 한국의 맨얼굴을 목격했기 때문이다.

한국 역사상 어느 정부도 '대기업 밀어주기' 원칙에 반기를 든 적이 없다. 진정한 의미의 신자유주의도 진보도 없었다. 박정희 시절부터 이어져온 대기업 밀어주기만 존재할 뿐이다. 대기업 밀어주기를 보수주의로 오인하는 사람들이 있다. 한창 이 책을 쓰고 있는데 필자의 자칭 '보수' 친구 하나가 페이스북에 박정희 대통령 시절 관 주도의 경제전략이 개발을 앞당겼다고 주장하는 '자유주의'라는 단체의 글을 공유했다. 진정한 자유주의자라면 정부의 개입 자체에 반대하는 것이 마땅하다.

일반적으로 다른 나라에서 좌우를 가늠하는 질문들은 다음과 같다. 복지국가를 지지하는가? 자유무역협정을 지지하는가? '파이 크기 키우기'와 '파이 나누기' 중 어느 쪽에 더 중점을 두고 있는가?

한국 경제의 미래뿐 아니라 미래 사회 전반을 고려한 맥락에서 매우 중요하다고 생각하는 문제가 있다. 향후 한국 제조업 부문은 심각한 상황을 맞게 될 것이다. 시간이 갈수록 제조업의 일자리가 비용이 적게 드는 개발도상국으로 옮겨가면서 장기적으로 울산, 포항, 창원 같은 곳은 도시 전체가 심각한 퇴조를 피하지 못하고 사회적 혼란을 겪을 위험이 있다. '설마'라는 생각이 든다면 북잉글랜드나 미국 디트로이트에 가보라. 한때 세계를 주름잡던 제조업 중심지가 어떤 지경에 이르렀는지 확인할 수 있다.

제조업의 퇴락을 맞아 영국이 내놓은 해결책은 자유시장정책이었다. 제조업이 망하게 그냥 내버려둔 것이다. 일부는 이 정책이 영국을 살렸고, 덕분에 성공적으로 서비스업 기반 사회로 이행했다고 말한다. 나는 그 주장에 동의하지 않는다. 오히려 영국의 많은 부분을 망친 선택이라고 생각한다. 스위스처럼 첨단 제조업과 첨단 서비스업을 동시에 발전시키려고 힘쓰는 나라들도 있다. 스위스의 성공 사례를 보면 제조업과 서비스업 부문을 함께 키우는 것이 어렵긴 해도 불가능한 정책은 아님을 알 수 있다. 어찌 됐든 한국에도 결단의 시기가 다가오고 있다. 이에 관해 보수 또는 진보 어느 쪽에서든 해법을 제시할 수도 있다. 문제는 진정한 보수도 진보도 아닌 소위 한국식 보수와 진보 어느 쪽도 다가올 위험한 상황에 대해 깊이 고민하고 있지 않다는 점이다.

물론 경제만이 전부는 아니다. 다른 여러 기준으로도 좌나 우를 규정할 수 있다. 전통적 가족 구조를 중시하는가? 경제성장보다 환경보호를 우선시하는가? 여성 및 사회약자 보호에 깊은 관심이 있는가? 하지만 이러한 이슈들도 주류 한국 정치계에서 다뤄지지 않기는 매한가지다. 진보주의자를 자처하는 남성들조차 여성 문제에 관해서는 얼마나 성차별적인지 겪게 되면 보수주의자들도 깜짝 놀랄 것이다.

좌우를 구분하는 잣대가 지나치게 단순화되고, 이를 정의하는 기본 개념 자체가 내부적으로 상당한 모순을 가지고 있기는 세계 어느 나라나 마찬가지다. 하지만 캐나다나 네덜란드 같은 나라에서는 특정 정치인이 좌파나 우파로 규정될 때 적어도 그들이 어떤 신념을 가지고 있을지 쉽게 짐작할 수 있다.

문제는 젊은이들에게 있지 않다

한국에서는 정치인의 좌우 지향점을 가늠하기가 쉽지 않다. 주류 정치인들은 1970년대나 1980년대에 어느 노선을 걸었는지, 어느 지역 출신인지와 같은 뿌리에 대한 충성도를 기준으로 분리되어 있을 뿐이다. 하지만 젊은 유권자들은 다르다. 출신 지역을 따지는 기성세대와 달리 도시에서 나고 자랐으며 독재정권도 경험하지 않았고 북한에 대해서도 무심한 편이다. '왜 우리는 아버지 세대보다 취업하기가 어려울까?' '살 만한 집 구하기가 왜 이리 힘들까?' '월급은 제자리인데 물가는 왜 계속 상승곡선일까?' 등이 주된 관심사다. 세상 살기 팍팍한 도쿄, 런던, 뉴욕에 있는 여느 젊은이들과 다를 바 없다.

좌우 할 것 없이 한국 주류 정치권은 젊은이들의 고민을 해결하는 데 별로 힘을 쓰지 않는다. 새로울 것 없는 이슈들인데도 말이다. 물론 청년 관련 이슈가 지난 대선 중에 주요 의제로 반짝 떠오르긴 했다. 그러나 박 대통령 취임 이후 정부 여당의 실질적인 노력은 거의 없었다. 새정치연합은 일자리, 생활비, 교육이나 보건 등 주요 이슈를 주도하기보다는 늘 사후적으로 따라잡기식 대응을 한 감이 있다. 2012년 대선 당시 민주당은 MB, 박근혜, 박정희 비판에만 모든 에너지를 쏟으며 네거티브의 진수를 보여주었다. 정부에 대한 진지한 비전을 제시하기보다는 마치 1980년대로 회귀해서 시위하는 것처럼 보였다.

새정치연합 지지층과 진보 진영은 젊은 세대가 보수화되고 있다고 볼멘소리를 한다. 정말 그러한가? 북한 문제만 떼어놓고 보면 젊은 세대가 보수화되고 있다고 주장할 수도 있다. 하지만 포용정책이든 강경

책이든 대북 기조에 대한 입장만으로 진보와 보수를 가를 수는 없다고 본다. 북한에 대한 입장은 상황에 따라 다르게 판단할 수 있으므로 진보 대 보수로 가르는 보편적 스펙트럼으로 측정할 수 있는 문제가 아니다. 대북정책을 제외한 나머지 정책에 있어서 한국 젊은이들은 기성세대와 다르다고 생각한다. 전쟁 세대나 386 세대와 달리 이념에 영향을 받지 않은 첫번째 세대이기 때문이다. 또한 이들은 다른 연령층과 마찬가지로 범야권 정당의 무능력에 실망했다. 내 생각에 한국 젊은이들은 보수화됐다기보다는 하얀 도화지 상태에 가깝다.

문제는 젊은이들에게 있지 않다. 합리적이면서도 진보적인 의제를 내세운다면 누구라도 수긍할 것이다. 진짜 문제는 지금까지 그 누구도 합리적이고 진보적인 의제를 제시한 적이 없다는 점이다. 개인적으로 한국에 진정한 중도좌파 정당과 진정한 중도우파가 있으면 좋겠다. 정의당은 진정한 의미의 진보 정당이라 할 수 있지만, 주류 유권자들에게는 아직 지나치게 진보적이거나 좌파 정당이라는 인상을 주는 것 같다.

새정치연합은 과거에 대한 인식을 통해 정의되는 정당이다. 물론 새누리당도 박정희 시대에 그랬던 것처럼 아직까지 숫자에 집착하며(이명박의 747정책, 박근혜의 474정책) 20세기 후반의 개발주의에 사로잡혀 있다. 그런 점에서 새누리당을 보수당으로 보는 것은 오류다. 다른 나라의 보수당과 비교했을 때 새누리당의 사고방식이나 전통에 대한 태도 등에서 도덕적으로 보수적인 관점을 찾아볼 수가 없다. 사실상 GDP 성장 외에는 아무런 기본 철학이 없는 정당이다.

2012년 대선을 앞두고 박근혜 후보가 경제민주화 공약을 제시했을 때 외신기자들의 기대가 이만저만이 아니었다. 당시 외신기자들 사이의 들뜬 분위기가 아직도 선하다. 기자로 일하던 시절, 경제민주화 공약 소식을 접한 상사에게서 연락이 왔다. "한국의 '호랑이 경제'가 자진해서 꼬리를 내리는 것인가"라는 주제로 기사를 써달라고 했다. 『이코노미스트』는 경제민주화 공약이 진짜라고 믿었고, 신자유주의를 표방하는 경제전문지로서 경제민주화가 주는 어감이 영 마음에 들지 않던 것이다. 박근혜 후보는 경제민주화 공약으로 개발주의자 아버지 박정희와의 철학적 단절을 선언하는 것처럼 보였다. 하지만 역시 철학이 없었다. 박근혜 취임 이후 대기업 가격 담합이 사라졌나? 어르신 여러분, 월 20만 원 기초노령연금은 어떻게 됐습니까? 경제민주화를 적극적으로 제안했던 김종인은 요즘 어디서 무엇을 하고 있나?

사회 전반에 불평등과 불만족이 증대되면서 "정치인들은 그 나물에 그 밥" "정치인들이 나한테 해준 게 뭐가 있나"라고 푸념하는 유권자가 크게 늘어나고 있다. 또한 진정한 의미의 선택도 없다고 느끼고 있다. 상황이 이렇다 해도 새정치연합에 불리할 뿐 새누리당은 건재하다. 한국에서 새누리당은 일단 기본으로 설정된 전제조건임을 인정해야 한다. 무슨 일이 일어나든 수백만의 노년층은 무조건 새누리당을 찍는다. 반면 젊은이들을 투표장으로 이끌기 위해서는 긍정적 유인이 필요하다.

PART 2
DEMOCRACY
DELAYED

Democracy
우리는 시민인가
Delayed

06

영웅은
없다

　　불과 몇 시간 전 누군가 범계역을 방문한다는 소
식이 트위터에 떴다. 아직 30분이 더 남았는데 수많은 인파가 구름처
럼 몰려들기 시작했다. 모인 사람들은 밀치락달치락 조금이라도 더 잘
보이는 자리를 차지하려고 애썼다. 잔뜩 기대에 부푼 사람들은 그들
메시아의 이름을 외쳤다. 그가 얼마나 대단한 인물인지 찬양하는 피켓
을 높이 들고 있는 사람도 있었다.

　드디어 차 한 대가 도착하고 몇 명의 남자가 내렸다. 그중에 체구가
작은 남자는 영하의 날씨에도 불구하고 짙은 빛깔 정장에 크림색 목도
리만 걸쳤다. 그가 모습을 드러내자 천여 명의 군중이 광신도 집단처
럼 열광적으로 그의 이름을 외쳐대기 시작했다.

그는 크리스마스트리 재료로 만든 장식품을 머리 위로 번쩍 치켜들었다. 투표용 도장 모양의 장식이었다. 군중은 지지의 함성을 보냈다. 운 좋은 몇 사람은 손도 잡을 수 있었다.

　　그는 잠깐 모습을 비춘 뒤 다시 차를 타고 홀연히 다음 목적지로 향했다.

　　바로 안철수였다. 안철수가 거의 신격화됐던 때가 백만 년 전의 일인 것 같다. 당시 2012년 대선후보 사퇴 선언 직후였지만 안철수는 최고의 주가를 올리고 있었다.

　　수염을 기른 나이 지긋한 남자가 "이번에는 문재인! 다음번엔 안철수!"라고 외쳤다. 마뜩잖은 기색이 역력한 절반가량의 군중이 노인을 따라 함께 외쳤다. 결국 야권 대선후보는 문재인으로 단일화됐지만 그곳에 모인 군중은 안철수가 후보이기를 바랐다. 한때 미국인들이 오바마에게 큰 기대를 걸었던 것처럼 그들은 안철수가 이면의 공작이 난무하는 더럽고 썩은 기성 정치를 뒤엎고 새로운 정치를 이끌 수 있을 것이라고 믿었다. 안철수는 기성 정치세력의 압력에 못 이겨 대선후보에서 물러났지만 결국 기성 정치세력 중 차악과 손잡았다. 그것도 그의 선량함과 새누리당에 대한 반감만으로 말이다.

　　하지만 안철수는 메시아가 아니라 또다른 정치인이 되고 말았다. 안철수 본인의 잘못은 아니다. 안타깝지만 선량한 구원자라는 초월적인 자질을 안철수라는 인물에 투사하여 안철수 신화를 만들어낸 대중과 언론의 탓이다. 안철수 현상이 정점에 달했을 때 대중의 콩깍지는 대단했다. 2012년 9월 그가 대통령 선거 출마를 선언했을 때, 젊은 사람 중에 안철수가 대통령 그릇이 아니라고 생각한 사람은 나 혼자뿐인 것처럼 느껴졌다. "미래는 이미 와 있다. 단지 널리 퍼져 있지 않을 뿐"이라는 소설가 윌리엄 깁슨의 말을 인용하며 마무리한 그의 출마 연설은 추상적이고 조금 모호하게 들렸다. 긴장한 모습도 역력했다. 하지만 사람들은 그마저 매력이라고 했다. 긴장한 모습은 안철수가 약해서가 아니라 '우리처럼' 소탈하고 진실하기 때문이라고 했다. 만약 기성 정치인이었다면 대통령감이 못 되는 인물이라는 가혹한 평가를 받았을 것이다.

누군가를 아이콘으로 떠받들기 시작하면 결국 실망으로 끝날 수밖에 없다. 우선 영웅으로 삼을 만한 인물은 애초에 매우 드물다. 그런 인물이 있더라도 그런 사람이 실제로 권력을 잡고, 그후에도 영웅으로의 승격을 가능케 했던 자질을 그대로 유지하는 경우는 더 드물다. 무엇을 하든 영웅으로 숭배되니 '영웅'은 더 태만해질 뿐만 아니라 인격적 자질도 떨어지고 이기적으로 행동할 가능성도 높아진다.

영웅주의는 민주주의의 본질을 훼손한다. 영웅시된 정치인 개인에게 책임을 요구할 근거가 빈약할 뿐 아니라 정치인이 실제로 무엇을 하고, 지향하는 정책이 무엇인지보다는 인물 자체나 부풀려진 비현실적 이미지에 초점을 맞추게 되기 때문이다. 아이디어나 논의 등은 부차적인 것이 되고 만다. 영웅이 정당정치 위에 존재하므로 정당마저 뒤로 밀려난다. 안타깝게도 이 일련의 과정은 영웅이 아닌 대중 스스로 주도한다.

사람들은 누군가를 덮어놓고 믿는 것을 좋아한다. 어떤 인물을 그냥 믿어버리는 편이 주요 이슈나 정책 자체에 대해 논의하는 것보다 쉽기 때문이다. 무엇보다 한국에서는 많은 사람이 박근혜와 같은 특권층 출신이나 안철수처럼 성공한 인사를 지나치게 떠받든다.

객관적으로 말해 2012년 대선에서 박근혜 후보는 인상적이지 않았다. 연설이 뛰어나지도 않았고, 그렇다고 문재인 후보와의 TV 토론에서 돋보인 것도 아니었다. 하지만 그녀가 로열 패밀리의 혈통을 잇는 박정희 2세라는 이유 하나만으로, 60대 이상 유권자에게는 박근혜가 하는 것은 무엇이든 옳다. 대통령 선거에서 새누리당이 극단적으로 무능력하지만 않으면 노인 유권자가 박근혜에게 등 돌릴 일은 없었다. 물론 우리가 다 아는 바와 같이 무능한 선거는 새누리당이 아니라 야권의 특기다.

상품으로서의 학벌

애석하게도 공인의 거품 낀 지위는 정치권에만 국한된 이야기가 아니다. 필자가 가본 대부분의 다른 나라에서도 대학교수는 존경의 대상이지만 동시에 현실세계와 동떨어진 상아탑 지식인이라는 인식도 있다. 사실 교수라는 직업은 태생적으로 전문가일 수밖에 없다. 한 분야에 파고들어야만 박사학위를 딸 수 있고, 그 이후에도 전문 분야를 갈고 닦아야만 학계에서 이름을 알릴 수 있기 때문이다.

그런데 한국 사회에서는 유명 대학 교수들이 정치, 경제, 사회 전 분야에 걸쳐 발언하며 유명인사가 될 수 있다. 책을 출간하고 기자들의 전화를 받을 준비가 된 교수라면 얼마든지 특정 분야의 권위자로 인정받을 수 있다. 물론 이와 같은 현상은 한국에 널리 퍼진 교육열을 반영한다. 한국에서는 하버드 박사면 똑똑할 뿐 아니라 오류가 없고 도덕적으로도 우월하다는 인식이 자연스럽게 따라온다.

문제의 사건으로 자폭하기 전까지 승승장구를 이어온 고승덕이 그 증거다. 내 주변 친구들도 삼시를 모두 합격하고 미국 명문 법대 여러 곳에서 석사·박사학위를 딴 대단한 사람이 있다고 얘기한 적이 있다. "삼시를 다 보고, 학위를 여러 개나 딸 필요가 뭐가 있지?"라는 질문을 하는 사람은 없고, 다들 자신들의 자녀가 고승덕처럼 공부를 잘하기만을 바라는 것 같았다. 백 번 양보해도 고승덕의 학력 과잉은 희한하다. 냉정하게 이야기하자면, 정신적으로 문제가 있는 게 아닌가 싶다. 긴 가방 끈으로 고승덕이 '어떤 일'을 했는가, 그것이 더 중요하다.

한국에서는 어떤 인격을 가진 사람이냐는 것이 고려 대상이 되지 않는 것 같다. 정치인의 덕목이 무엇이냐고 누군가 묻는다면, 필자는 똑똑한 것뿐 아니라 남을 위한 삶을 살아왔는지, 공직에 헌신하려는 의지가 있는지가 우선시되어야 한다고 대답하겠다. 선거철이 아닐 때도 요란한 홍보 없이 봉사활동을 한 적이 있는가? 여느 정치인처럼 국회의원 자리가 목표인가, 아니면 나라와 국민을 위해 일하려는 마음이 더 큰가? 침묵을 지키는 것이 편한 때도 굴하지 않고 소신 어린 발언을 했는가?

2012년 총선 때 나는 공덕역 근처에 살았다. 새누리당과 민주당은 유세 기간 동안 매일같이 우스꽝스러운 음악을 귀가 찢어지게 틀어댔고 중간 중간에 자신들의 후보가 얼마나 훌륭한지 연설을 늘어놓았다. 자기네 후보가 서울대 출신이라고 계속 떠들어대는 것은 특히나 짜증스러웠다. 필자라면 내 지역구 후보가 서울대를 나왔는지 아닌지에는 관심 없다. 그보다는 해당 후보가 지역 구민에게 얼마나 헌신할 준비가 됐는지 따질 것이다. 유세중에 정치인들은 뻔뻔할 정도로 학벌을 팔아댄다. '서울 법대' '하버드 경제학과' 등이 찍힌 명함을 뿌린다. 학벌을 파는 것이 효과 없다면 그렇게 할 리가 없다. 문제의 근원은 후보의 학벌로 그 사람의 윤리 수준이나 후보가 내세우는 정책을 간단히 판단해버리는 유권자에게 있다.

토크콘서트 열광

한국에서 아이돌 대접을 받는 사람들은 또 있다. 바로 기득권을 비판하는 시사평론가 집단이다. 보수 성향 유권자들이 학벌이나 집안 배경에 현혹되는 경향이 있다면, 진보 성향 유권자들은 현실을 거침없이 비판하는 시사평론가나 논객을 지나칠 만큼 신뢰하는 경향이 있다고 말할 수 있다. 발언이 과격할수록 더 대단한 메시아가 된다.

김어준을 비판하려는 목적은 아니지만, 2012년 대선 전 김어준은 새누리당을 싫어하는 모든 젊은이들의 기수였다. 김어준이 낸 책은 물론 불티나게 팔렸다. 여담인데, 한번은 김어준이 필자에게 필자의 전작 『기적을 이룬 나라 기쁨을 잃은 나라』 판매 부수가 얼마나 되느냐고 묻더니, 자신의 책 『닥치고 정치』 하루 판매 부수가 필자의 책 전체 판매 부수와 맞먹는다고 농담처럼 말한 적이 있다(질투가 난 점 용서 바란다). 김어준을 만나려고 그가 운영하는 혜화동의 카페 벙커1에 몇 번간 적이 있다. 그와 어울리는 것은 재미있었지만 김어준을 총수라고 부르고 김어준의 한마디 한마디에 매달리는 사람들의 모습에 놀라지 않을 수 없었다.

한번은 김어준이 성차별주의자로 해석될 법한 발언을 한 적이 있다. 그러자 내가 아는 좌파 성향 친구들 절반 정도가 우리 영웅이 어떻게 그런 말을 할 수 있느냐고 SNS에 토로하며 큰 실망감을 표했다. 하지만 애초에 김어준을 구세주, 총수로 받들지 않았더라면 실망할 일도 없지 않았을까? 김어준은 호감 가는 재미있는 사람이다. 그리고 이명박을 싫어한다. 하지만 단지 나와 적이 같다는 이유만으로 김어준 또는 그 누구라도 완벽하길 기대하지는 마라.

또한 모든 사안에 대한 그들의 관점이 당신의 관점과 일치하기를 기대하는 것도 금물이다. 한국에서는 한두 가지 단면만 보고 진보나 보수라고 단정하는 면이 있다. 내 경우를 예로 들면 한국 기준으로는 대부분 '진보적'이지만, 북한 문제에 있어서는 상당히 보수적이다. 북한에 대한 내 관점 때문에 나는 진보가 될 수 없다고 말하는 사람도 있었다. 이에 대한 내 생각은 두 가지로 요약할 수 있다. 첫째, 나는 어떤 소속의 의견을 따르기만 하는 로봇이 되고 싶지 않다. 둘째, 북한은 전 세계적으로 진보와 가장 거리가 먼 나라다. 북한의 현 상황에 대해 변명을 늘어놓는 자칭 진보주의자들에게는 조지 오웰의 전 작품을 100번쯤 읽게 해야 한다.

다시 주제로 돌아가자. 자주 의아해하는 부분인데, 한국에서는 '토크콘서트'가 왜 그리 인기가 많은가? 왜 그렇게 많은 사람들이 정치비평이나 논객의 강연을 들으며 저녁 시간을 보내는가?

물론 통찰력이 뛰어난 논객도 여럿 있다. 예를 들어 사람들이 왜 진

중권의 말에 귀를 기울이는지 이해된다. 하지만 토크콘서트에 가는 빈 도나 열기, SNS에 올라오는 토크콘서트에 대한 글들은 놀라울 정도다. 친구들의 페이스북에는 특정 토크콘서트가 얼마나 좋았는지, 그 연사의 신간 덕분에 어떻게 눈을 뜨게 됐는지와 같은 내용이 하루도 빠짐없이 올라온다.

"어떠어떠한 문제가 있다고 말씀하셨는데 해법은 무엇일까요?" 토크콘서트 마지막에 있는 질의응답 시간에 빠지지 않고 나오는 질문이다. 문제를 지적하는 것만으로는 충분치 않다는 듯 사람들은 시사평론가들이 해결책까지 제시해주기를 기대한다. 그들이 마치 모세라도 되는 듯이 말이다.

정작 답하기 어려운 질문에는 실속 있는 해답을 내놓지 않으면서 자신감 넘치고 강한 어조로 설득력 있게 말하는 사람은 보통 정치인이거나 종교기업가다. 질문에 잘만 대응하면 크게 성공할 수도 있고 영향력도 확장할 수 있다. 이들은 누군가에게 의지하고 싶어하고 생각할 거리를 던져주길 바라는 보통 사람들의 욕망을 잘 간파하고 이를 이용한다. 그런데 강한 어조로 호소하는 답변이 정말 좋은 걸까? 때로는 "잘 모르겠다"는 대답이 무지의 소치가 아니라 오히려 현명하고 솔직한 대답 아닐까.

필자가 보기에 한국의 토크콘서트는 실질적 사상을 논하거나 논의를 펼치는 장이 아닌 것 같다. 오히려 토론과는 반대 양상이 나타난다. 토크콘서트는 한국 정치와 마찬가지로 연사에 대한 경외감을 기반으로 하는 하향식 의견 전달 구조에 가깝다. 토크콘서트는 소위 전문가를 주인공으로 내세우고 나머지 사람을 평범한 관중으로 전락시킨다.

토크콘서트 대신 진정한 의미의 열린 대화가 자리잡으면 얼마나 좋을까? 하루 일을 마치고 유명인사의 강연을 들으러 가기보다 술집이나 카페에 들러서 정치·사회 이슈에 대해 함께 토론할 수 있다면 어떨지 상상해보자.

예를 들어 런던에는 '런던 토론회Central London Debating Society'라는 클럽이 있다. 1000명 넘는 회원을 보유한 이 모임은 다양한 주제에 대한 토론이 이루어지는 장이다. 회원들은 펍, 극장 등의 열린 공간에 모여 "토니 블레어가 전쟁범으로 회부되어야 하는가" "보안정책이 과도하지 않은가?" "무르시 대통령의 실각이 이집트에 악영향을 미치는가?" "대처는 좋은 총리였나"와 같은 주제를 놓고 토론을 벌인다. 상반된 입장의 두 팀이 토론을 벌이는 형식이다. 누구든 회원으로 가입해 토론에 참여할 수 있으며 관중석에 앉아 있다가 손을 들고 일어나 발언할수도 있다. 또한 토론하는 법, 대중을 상대로 말하는 법, 효과적으로 주장하는 법 등에 대한 워크숍도 있고, 이외에도 다양한 조직이 활동한다. 프랑스에는 사람들이 모여 철학과 현안을 논하는 카페 필로café-philo라는 철학카페가 전국에 수십 개 있다.

한국 사람들은 보통 살인적으로 긴 근로 시간, 경직된 군대식 조직문화, 스트레스에 시달리는 직장생활로 퇴근 후 진지한 토론에 참여할 여유가 없다. 권력층이 국민을 복종하는 대중으로 길들이려는 목적에서 중노동 문화를 조장한 건 아닐 것이다. 하지만 절대다수가 지배층이 내놓는 지침을 순순히 따르는 결과를 보노라면 이런 현상이 한국노동문화의 부작용인 것만은 분명해 보인다.

여건이 만만치 않더라도 시도해보자. 경외심에서, 또는 겉으로 드러나는 화려한 이미지에 이끌려 표를 던지는 것과 같은 심사에서 유명 논객의 강연에 끌릴 수 있다. 하지만 유명인에 기대면 공적 토론을 약화시키고 위계질서를 고착화하는 데 기여하게 된다. 불완전한 인간을 숭배하지 말고 아이디어나 논의 자체를 함께 발전시켜보는 것은 어떨까.

07

잊지
않겠습니다

　　나쁜 정치인에게 정치에 무관심한 대중은 최고의
선물이다. 대부분의 민주주의 국가에서 정치에 "관심 없다"고 답하는
사람들이 늘어나고 있다. 한국은 그래도 상황이 나은 편이다. 민주화
이후 투표율은 크게 낮아졌지만 2012년 대선 투표율은 거의 76퍼센트
에 달했다.

　정작 심각한 문제는 사람들의 성향이 너무나 쉽게 돌변한다는 것이
다. 한국 유권자들은 일시적 열풍이나 여론에 쉽게 휩쓸리고 특정 사
안에 격분했다가도 언제 그랬냐는 듯 금방 잊어버린다. 이 때문에 짧
지만 인상적인 발언이나 '경제민주화' 같은 텅 빈 구호로도 정치가 가
능하고 부패도 판을 친다.

2003년 대통령 탄핵

한국 대통령의 지지율 변화 추이를 보면 어리둥절할 때가 있다. 노무현 대통령의 지지율을 예로 들어보자. 2003년 3월 노 대통령의 국정수행에 대한 지지율은 71.4퍼센트에 달했다. 보통 신임 대통령들은 '허니문' 기간에 국민의 높은 지지를 받는데 노 대통령도 예외는 아니었다. 하지만 안타깝게도 높은 지지율은 오래가지 못했다. 같은 해 12월에는 26.4퍼센트로 급추락했다. 그러다 이듬해인 2004년 5월 탄핵을 계기로 지지율이 오히려 51.6퍼센트로 반등했지만, 그후 재임 기간 내내 떨어지더니 청와대에서의 마지막 날에는 19.1퍼센트 지지율을 기록하고 퇴임했다.

하지만 노무현은 이제 역대 최고 대통령을 묻는 여론조사에서 종종 2위를 차지한다. 최근에는 1위를 차지하기도 했다. 인간미 넘치는 성격에('술 한잔 하고 싶은 대통령' 설문조사에서 1위를 차지하기도 했다) 이렇게 말해 미안하지만 자살로 마감한 비극적 결말이 순위에 큰 영향을 미쳤다. 모두 국정운영과는 상관없는 요소들이다. 탄핵 사건도 국정운영에 대한 평가와는 별개의 사안이었다. 탄핵에 앞장섰던 한나라당에 등을 돌릴 이유로는 합당했을지 몰라도, 그 때문에 대통령의 업무수행을 지지하거나 반대할 사안은 아니었다.

2007년 대선에서 이명박은 2위와 큰 격차를 벌이며 압승을 거두었다. 직선제 도입 이후 결과가 뻔히 예상되는 유일한 대선이었을 것이다. 노무현에게 지쳐 있던 유권자들은 변화를 원했다. 실리적이고 기민하게 여기저기 법망을 피한 전력이 있는 친기업형 후보 MB의 허물을 모르는 사람은 거의 없었다. 하지만 경제 부흥에 도움이 되리라는 믿음에 사람들은 쉽게 눈감아주었다.

개인적으로 볼 때, 이명박은 기대를 벗어난 대통령은 아니었다. 물론 '도덕적으로 완벽한' 대통령도 아니었지만 완전 가짜도 아니었다. '경제 대통령'을 표방한 대로 전 세계를 돌아다니며 핵원자로, 대규모 건설 프로젝트를 수주하고 기업 주도의 세계화를 지향하며 2008~2009년에 금융위기 여파에도 무난한 경제성장을 이뤄냈다(물론 분배는 다른 이야기다). 임기 말 부패한 측근들에 대한 특별사면을 단행한 것도 충분히 예상 가능했던 일 아니었나? 그럼에도 2007년 12월 열정적으로 이명박을 지지했던 많은 사람이 임기 말에는 등을 돌렸다.

반면 미국 오바마 대통령의 경우는 지지율 널뛰기 현상이 보이지 않는다. 오바마를 예로 든 이유는 그 또한 일시적 열풍을 타고 대통령에 당선되었기 때문이다. '오바마는 인류의 구세주'에서 '내가 무슨 생각으로 이 사람을 대통령으로 뽑았지?'로 유권자의 태도가 돌변했기에 오바마의 지지율 변화 또한 클 것이라 예상했다. 2009년 1월 말 오바마 역시 허니문 현상의 덕을 보며 67.9퍼센트의 높은 지지율로 임기를 시작했다. 그러나 시간이 지남에 따라 지지율이 40퍼센트대로 떨어졌다. 그 뒤 오사마 빈 라덴 사살 이후 지지율이 일시적으로 상승하긴 했지만 전반적인 지지율 변화 추이를 보면 약간 올랐다 떨어졌다를 반복하며 안정적인 현상을 보이고 있다. 한국 대통령의 경우처럼 롤러코스터를 탄 것 같은 변화는 보이지 않는다.

물론 한국 유권자만 유독 변덕이 심하다는 말은 아니다. 프랑스 올랑드 대통령의 경우 나이 차가 많이 나는 젊은 여배우와의 불륜이 드러난 이후 오히려 지지율이 올랐다는 기사도 읽은 적이 있다(아마도 남성 유권자의 지지율 상승이 반영된 듯싶다). 어쨌거나 유권자의 변덕은 건전한 민주주의에 방해가 된다. 눈앞의 선택에서 냉정한 이성과 장기적인 안목으로 결정을 내리는 것이 유권자의 책무다.

2008년 미국산 쇠고기 파동

이명박 대통령 임기 중 미국산 쇠고기 파동은 대대적인 사건이었다. 이명박은 압도적인 득표로 집권했지만 청와대 입성 넉 달 만에 친기업, 친미 성향의 변절자로 국민들에게 증오의 대상이 되었고 지지율은 20퍼센트대로 곤두박질쳤다. 광우병과 미국 수입산 쇠고기가 위험하다는 인식이 이 모든 것을 촉발했다. 당시 미국산 쇠고기에 대한 한국인들의 히스테리는 대단했다. 실제로 내가 아는 대부분의 한국인이 미국산 쇠고기를 무서워했다. 주류 언론과 정치인을 신뢰할 수 없는 나라에서 으레 그렇듯 음모론이 넘쳐나던 시기였다.

하지만 지금은 어떤가? 그때와 달리 미국산 쇠고기가 더 안전해지거나 위험해졌는가? 30개월령 이상 미국산 쇠고기 수입 금지가 조용히 풀린다면 또다시 시끄러워질까? 미국은 여전히 한국의 주요 쇠고기 공급처 중 하나다. 게다가 현재는 별 의심 없이 미국산 쇠고기가 소비되고 있다. 한국의 미국산 쇠고기 수입은 2008년 1억 9710만 달러 규모에서 2011년 6억 5300만 달러 규모로 몇 년 사이 무려 세 배 증가했다. 미국산 쇠고기 안전 문제는 관심 밖으로 완전히 밀렸거나, 그게 아니라면 휴면 상태여서 언제 또다시 표면화될지 모른다.

나는 다른 사람처럼 대형 식품회사들의 식품 관리 방식에 특별한 공포는 없다고만 말할 수 있을 뿐, 식품 안전 전반에 대한 의견을 내놓을 만한 입장은 아니다. 식품에 관한 정보도 부족하고 관련 전문가도 아니기 때문이다. 단, 관련 정보가 충분하지 못하기에 식품이 안전한지 스스로 판단할 수 없다는 사실 자체가 꺼림칙하다. 게다가 미국 거대 기업은 미국 정부를 상대로 관련 규제를 완화하게끔 로비 활동을 할 수 있기 때문에(미국 정부는 다시 한국 정부를 대상으로 로비를 할 수 있고) 더 찜찜하다. 이와 관련해 인터넷에서 'pink slime'이라는 단어를 검색해보시라. 단, 점심을 거를 사람에게만 권하고 싶다.

미국산 쇠고기가 안전한지 아닌지는 모르지만 담배, 음주, 운전중 통화가 더 위험하지 않을까? 미국산 쇠고기를 거부했던 수백만 명의 사람들이 별 거부감 없이 담배도 피우고 술도 마시고 운전중에 전화 통화도 한다. 미국산 쇠고기의 안전성을 따진다면 광우병보다 호르몬 주입 문제가 더 심각하지 않을까? 여러분의 생각은 어떤가? 더 중요한 질문은, 2008년 여름 쇠고기 파동 이후 생각이 바뀌었냐는 것이다. 바뀌지 않았다면, 왜 그때는 무서워해놓고 지금은 주저 없이 미국산 수입 쇠고기를 먹는가?

한 가지 이슈에 열을 올리다가 금세 새로운 주제로 옮겨가는 한국 여론의 냄비 현상이 그저 놀라울 뿐이다. 이는 워낙 특이한 성향이어서 아마추어 사회학자, 특히 한국에 살고 있는 외국인들도 한마디씩 하고 그들 나름대로 원인을 진단하곤 한다. 정치 견해부터 최신 유행 음식이나 요즘 뜨는 연예인까지 모든 것이 급변하는 경향 덕분에 한국 사회는 역동적이다. 하지만 이러한 냄비 현상이 정치문화에는 분명 악영향을 끼친다. 지독한 부패를 저지르고 의원직까지 박탈당해놓고도 사람들의 관심이 다른 데로 옮겨가 악행이 잊히고 나면, 언제 그랬냐는 듯이 뻔뻔하게 다시 얼굴을 내미는 한국 정치인들이 어디 한둘인가.

2012년 안철수 열풍과 경제민주화 화두

2012년 대선은 일시적 열풍에 휩쓸린 정치의 전형을 보여주었다. 물론 안철수 현상을 빼놓을 수 없다. 안철수는 어떤 정책도 제시하지 않고, 심지어 대선 출마 의지도 밝히기 전에 이미 유력 '후보'로 떠올랐다. 부시의 대척점으로 오바마(대통령이 된 이후 부시와 거의 다를 바 없는 외교정책을 펼치고 있지만)를 원했던 미국인이나, 2014년 기득권에 반기를 들고 서민 대통령을 표방한 조코 위도도(일명 '조코위')를 원했던 인도네시아 국민처럼 한국인도 다른 무엇인가를 갈구했다. 충분히 이해할 만하다. 하지만 오바마와 조코위는 적어도 정치 경력도 있고, 정책도 제시했으며, 대선 출마 의지도 명확하게 밝혔다.

민주당과의 유감스러운 단일화가 성사될 때까지 지속된 안철수 우상화를 가능케 했던 요인들은 무엇일까? 똑똑하고, 재벌에 잠식된 비즈니스 영역에서 놀라운 성공을 이끌어냈으며, 정치판의 구태에 오염되지 않은 인물임에는 이론의 여지가 없었다. 하지만 어떻게 그런 경력만으로 대선후보가 될 수 있을까? 안철수가 급부상한 데는 우연과 일시적 열풍의 영향이 컸다. 2012년 당시 안철수의 역할을 맡을 수 있었던 사람은 정말 안철수뿐이었을까? 변화를 열망하고 바람직한 대통령상을 안철수에게 투사한 사람들의 바람이 안철수 신드롬에 어느 정도나 영향을 미쳤을까? 솔직히 말해 안철수 말고도 다른 몇몇 인물이 거론될 수 있었을 것이다. 가끔씩 필자는 다음Daum의 창업자 이재웅과 같은 사람이 당시 새로운 정치를 이끌 장본인으로 러브콜을 받았다면 어땠을까 생각해본다. 다음에서 물러난 이재웅은 현재 사회적 투자에 힘쓰고 있다. 미리 밝혀두자면, 내 사업에도 투자한 바 있다. 하지만 그와는 별개로 지난 2년간 이재웅이라는 사람을 알고 지내면서 본인에게 뜻이 있다면 한국 정치에 큰 기여를 할 수 있는 인물이라는 생각이 들었다. 꼭 정치 지도자는 아니더라도 새로운 움직임의 불쏘시개 역할은 할 수 있을 것이다. 이재웅은 한국에 만연해 있는 톱다운top-down 사고방식과는 정반대 성향을 가지고 있고, 민주주의의 수호와 표현의 자유에 대한 관심도 지대하다. 그가 이 글을 읽는다면 경악할 것이다. 아마 필자에게 "도대체 왜 그랬어요?!"라는 문자를 보낼지도 모른다. 어쨌든 솔직한 내 의견이다.

대선의 화두였던 경제민주화는 또 어떤가? 이제 경제민주화는 흔적도 찾아볼 수 없는 개념이 되었다. 미미한 변화만 있었을 뿐 재벌 기업은 마땅한 징벌도 받지 않고 여전히 독과점 등의 횡포를 휘두르고 있다. '구글 트렌드' 서비스에서 검색해보면 '경제민주화'는 2012년 7월 주요 키워드로 등장해 그해 12월 대선 직전에 정점을 기록한다. 그러나 불과 1년 6개월 뒤인 2014년 7월, '경제민주화'에 대한 빈도수 점수는 0점이다. 경제민주화 같은 개념처럼 애매모호한 용어 자체가 아니라 경제민주화를 실현할 수 있는 구체적인 정책에 지속적인 관심을 기울여야 한다. 그러지 않으면 중소기업은 계속 고전을 면치 못할 것이고, 불평등의 격차는 더욱 커질 것이며, 소비자는 울며 겨자 먹기로 터무니없이 비싼 상품을 계속 살 수밖에 없을 것이다. 하지만 안타깝게도 이제는 아무도 경제민주화에 대해서 신경 쓰지 않는 것 같다.

2014년 세월호 참사

2014년 가장 큰 사건은 세월호 사건이었다. 그 어떤 논리로도 세월호 침몰의 의미에 반론을 제기할 수 없고, 제기해서도 안 될 만큼 끔찍한 참사였다. "잊지 않겠습니다"라는 현수막이 걸리고 관련 온라인 게시물과 신문 기사가 쏟아졌으며 추모의 물결도 이어졌다. 이번만큼은 "잊지 않겠습니다"가 끝까지 이어져야 한다. 어떤 이슈에 들끓다가 다른 이슈가 등장하면 썰물 빠지듯하는 양상은 세월호 참사에서 멈춰야 한다.

세월호 참사 후 사회 전반에 퍼졌던 반성과 추모의 분위기가 이제는 많이 걷힌 것 같다. 하지만 그러한 분위기가 이어지고 다져져 구체적인 행동을 촉발해야 한다. 이를 통해 참사의 근원이었던 부패의 고리가 끊어져 선박뿐 아니라 사회 전 분야의 안전대책이 획기적으로 강화되어야 한다. 세월호 1주기가 지나고서도 사람들은 아직 세월호를 잊지 않았다. 앞으로 2년, 5년, 10년 후에도, 안전문제가 기업이나 정부의 우선과제가 될 수 있을 때까지 "잊지 않겠습니다"가 이어지는 것이 중요하다.

08

음모론
전성시대

"9·11은 토니 블레어의 작품입니다. 국내의 온갖 부패를 덮으려고 계략을 짠 겁니다. 부시 대통령은 블레어를 좋아하니 블레어의 아이디어에 동의한 거죠."

2001년 10월경 동네 이발관 마리오 아저씨가 필자의 머리를 깎으면서 한 말이다. 필자는 몇 년째 그곳 단골이었지만 마리오 아저씨와 뉴스나 정치에 대해 이야기를 나눈 적은 단 한 번도 없었다. 마리오는 친절한 사람이었고 정신이 살짝 나간 사람처럼 보인 적도 없었다. 하지만 그날 마리오 아저씨의 말을 듣고 터져나오는 웃음을 막느라 젖 먹던 힘까지 동원해야 했다. 아저씨 앞에서 무례한 사람으로 보이고 싶지는 않았다.

여러 나라에서 지내봤지만 어디에서나 마리오 아저씨 같은 사람을 자주 볼 수 있는 건 아니다(미국과 중국은 예외). 그런데 한국에는 (마리오 아저씨처럼 극단적이지는 않지만) 음모론을 믿는 사람이 상당히 많다. 심각한 이슈가 있거나 끔찍한 사고가 날 때마다 갖가지 허무맹랑하고 이상한 음모론이 함께 생겨나는 것 같다. 물론 음모론이 넘쳐나는 배경에는 그럴 만한 이유가 있기 마련이다. 그렇다 하더라도 누군가 음모론을 믿는 사람이 "'진짜 이유'가 뭔지 알죠?"라고 물어올 때는 우리 모두 신중을 기해야 한다.

오컴의 면도날

2014년 6월 순천에서 발견된 시신은 정말 유병언의 시신일까? 천안함 침몰은 조작됐을까? 신종플루 백신을 맞으면 오히려 병에 걸릴 확률이 더 높아질까? 미국산 쇠고기를 먹으면 정말 뇌가 썩을까? 사실 이수만은 프리메이슨 회원이고 프리메이슨을 옹호하는 메시지를 암호화해서 SM 소속 가수들의 뮤직비디오에 심었을까? 필자는 한국에 사는 동안 이런 질문에 대해 정말 놀라운 대답을 많이 접했다. 때로는 고위 인사들까지 음모론에 동참한다. 예를 들어 새정치연합 대변인은 2014년 7월 30일 재·보궐선거를 앞두고 유병언의 죽음에 대한 정부의 공식 발표에 의구심을 표하기도 했다. 어떤 의도로 그랬는지는 어렵지 않게 짐작할 수 있다.

음모론의 논리대로 시체가 가짜거나, 대중의 관심이 쏠린 틈을 타

의료 민영화법을 통과시키기 위해 의도적으로 시체 발견 발표를 '늦췄을' 수도 있다. 하지만 가능성과 '개연성'은 다른 차원의 이야기다. 청와대에서 현지 경찰, 장의사, 시체 검시를 진행한 법의학자 등 수많은 관련자에게 함구령을 내리고 관련자 모두가 청와대의 명령에 따라 입을 다물고 있다고 생각하는 것 자체가 기상천외한 발상 같다. 의료 민영화에 대한 사람들의 관심을 돌리려고 그렇게 많은 사람의 입단속을 해야 하는 위험까지 감수했을까? 이러다가는 정부가 원하기만 하면 세종로에 있는 이순신 동상도 민영화할 수 있다고 주장할 판이다.

내가 좋아하는 논리 개념 중에 '오컴의 면도날Occam's Razor'이라는 것이 있다. 간단히 말해, 한 가지 현상을 설명하는 다수의 주장이 제기될 때 그중 단순한 주장이 맞을 가능성이 가장 높다는 논리다. 물론 유병언이 아직 살아 있을 수도 있다. 여러 사람이 공모하여 노숙자를 죽인 뒤 밭에 시신을 방기하고 가짜 DNA를 채취한 후 적당한 때를 기다렸다가 사건을 터뜨렸을 가능성도 있다. 하지만 그것보다는 유병언이 자살했는데 한동안 신원이 밝혀지지 않다가 늦게 발견됐을 가능성이 더 크다. 2010년 기준 서울에서만 무연고자 사망자가 174명에 달한다는 사실은 무엇을 말해주는가?

저신뢰 사회는 음모론을 키운다

그러나 음모론에 넘어가는 사람들만 탓하기는 어렵다. 21세기 한국은 음모론이 만들어지고 유포되기에 최적의 환경을 갖춘 것 같다. 필자보다 훨씬 뛰어난 외신기자 제프리 케인도 음모론에 대한 기사에서 한국 여성을 인터뷰해 인용했다. 인터뷰에 따르면 "이렇게 신뢰가 무너진 사회에서 합리적인 사고를 할 수 있는 정신 상태를 유지한다는 것 자체가 말이 안 된다. 정신이 멀쩡한 사람이라면 작금의 상황을 보고 미치지 않고는 다른 방도가 없다"고 한다.

한국은 확실히 '저신뢰 사회'다. 가까운 친구와 혈육은 무한신뢰하는 반면, 낯선 사람 또는 사회 전반이나 제도에 대해서는 불신하는 편이다. 물론 닭이 먼저냐 달걀이 먼저냐의 문제이기도 하다. 사회 고위층의 부패, 이기적인 행태를 보면 위의 말처럼 아무것도 믿을 수가 없다. 상황이 이렇다보니 정부의 사망 발표에도 유병언이 어디엔가 아직 살아 있다고 믿는 사람들만 무작정 탓할 수는 없다. 차라리 정부는 다른 전략을 써야 할지도 모른다. 발표하고 싶은 내용을 반대로 발표하면 사람들이 믿어줄 것 아닌가!

뉴욕타임스 칼럼니스트 로저 코언은 음모론을 "힘없는 사람들의 마지막 피난처"라고 표현했다. 정확한 정보가 부족하고 자신의 삶에 무력감을 느끼는 사람들은 모든 문제가 정보와 권력을 가진 사람들의 잘못 때문에 빚어진 일이라고 탓하는 경향을 보인다. 오늘날 많은 한국인이 정확한 정보에서 소외되고 스스로의 삶에 대한 자율성도 확보받지 못한다고 느끼는 것만은 확실해 보인다.

주류 언론도 도움이 되지 않는다. 필자가 KBS나 MBC 사람들에게서 들은 이야기들은, 말해준 사람들이 방송국 소속만 아니라면 음모론이라고 여겨질 정도다. 특정 연예인들은 블랙리스트에 올라 있고, 특정 주제는 다루면 안 된다. 비슷한 제약을 겪고 있다며 불만을 토로했던 사람들을 고려하면, 블랙리스트 연예인이나 보도가 불가능한 '성역'이 있다는 이야기가 허황된 음모론만은 아닌 것 같다. 더 나아가 윗선으로부터 가해지는 압력이 진짜로 있으며, 국민에게는 편향된 현실만 보도한다는 결론에 다다르게 된다. 보수 성향 언론은 가만히 두면서 손석희가 속한 JTBC만 겨냥하는 방송통신위원회의 행태 또한 정치와 언론이 손잡고 정보를 통제하고 있다는 의심을 불러일으키기에 충분하다.

권력층의 사고방식도 음모론을 부추긴다. 미네르바 사건을 한번 보자. 미네르바의 주장에 최대한의 설득력과 신뢰를 실어주는 방법이 있다면 그것은 무엇이었겠는가? 필자였다면 한국 정부가 했던 것처럼 모든 수단을 동원해 미네르바를 추적해 체포했을 것이다. 반대로 미네르바의 영향력을 최소화하는 것이 목적이었다면 철저히 무시하는 것이 상책이었을 것이다(2014년 12월 통합진보당 해산 결정도 역효과를 불러올 과잉 조치로 해석할 수 있다. 단기적으로는 북한 동조자들에게 타격을 줄 수 있을지 모르지만, 장기적으로는 오히려 그 반대 결과를 가져올 수도 있다).

코언의 지적대로 정보 공개가 제한된 상황에서는 음모론과 괴담이 넘쳐난다. 극단적인 예로 북한을 살펴보자. 전 세계에서 가장 통제된 언론 환경 속에 살고 있는 북한 사람들은 온갖 괴담과 음모론에 쉽게 빠진다고 북한 전문가들이 하나같이 입을 모은다. 정치적인 예는 아니지만, 재미있는 속설 하나를 소개할까 한다. 북한 주민들 사이에는 국가안전보위부(동독 비밀경찰 슈타지와 비슷한 조직)의 망을 피해 중국산 불법 휴대전화를 쓸 수 있는 '비법'이 널리 퍼져 있다는데, 방법은 다음과 같다. 싱크대에 물을 가득 채워놓고 냄비뚜껑을 머리에 올려놓은 채 주방에 서 있으면 된다는 터무니없는 내용이다.

분노하라, 합당하게

앞서 언급했듯이 한국은 음모론이 넘쳐날 수밖에 없는 상황에 처해 있다. 그렇다 해도 음모론에 빠지는 현상은 문제가 있다. 우선 음모론을 믿는 그룹과 믿지 않는 그룹으로 편이 나뉘면서 사회 분열을 초래하게 된다. 그렇게 되면 음모론을 믿는 사람들의 말은 정당한 주장마저 무조건 무시당할 수 있다. 주류 세계에서 음모론을 믿는 사람들이 하는 말은 허무맹랑한 괴담을 믿는 바보의 이야기로 치부될 수 있기 때문이다. 편향된 시각을 끼워 맞춰주는 복잡한 주장만 믿다가는 대다수 사람으로부터 무시당하고 외면받는 결과를 자초할 수 있다.

전직 골키퍼 출신의 음모론자 데이비드 이케David Icke는 영국에서 정신병자로 통하지만, 미국에서는 상당한 추종자를 거느리고 있다. 데이비드 이케의 웹사이트(davidicke.com) 토론방에 가보면 한국에 관한 글도 찾아볼 수 있다. 누군가 한국 언론의 기사와 댓글까지 영어로 번역해 올려놓았다. 닐 암스트롱의 달 착륙을 두고 대부분의 네티즌은 (당연히) 조작이었다고 결론 내리고 있다. "국내 반응이 실망스럽고 희망이 없다고 느껴질 때는 한국을 보라. 한국인이 우리의 구세주다"라는 토론방 회원의 글이 달려 있다. "삼성 스마트폰, TV, 현대자동차나 K팝으로 널리 알려져 있어 우리가 인지하지 못하고 있는데 한국은 똑똑한 사람들의 나라이기도 하다. 한국인들은 쉽게 속지 않는다"라는 칭찬도 있다. 음모론자 집단에게 칭찬을 받다니 분명 달갑지 않은 영예다.

현재 한국 상황에서는 '주류 시스템'을 비판하면 보수 성향 언론이 달려들어 미치광이로 만들어버린다. 일부 극단적인 사람들을 비판적인 사람들과 함께 싸잡아 다 같이 미친 사람으로 취급한다면 물론 논리적으로 오류를 범하는 것이다. 하지만 먹히는 전략이기도 하다. 실제로 한국 진보 진영은 약간 미친 사람들의 집단이라고 믿는 외신기자도 봤다. 이는 한국 보수 진영(대체로 좀더 '서구화'되어 미국인 등 서구인들이 이해할 수 있는 방식으로 프레임을 짤 수 있는 사람들)이 2008년 광우병 사태 때 촛불시위 참가자들이 내세운 허황된 주장들을 외신기자들에게 전달한 탓이다.

음모론은 힘없는 자들의 마지막 피난처일 수도 있으나, 힘없는 자들을 계속 힘없게 만들기도 한다. 물론 세월호 참사에 대한 정부의 대응에 크게 실망할 만하다. 먹을거리의 안전성 문제도 결코 가벼운 사안이 아니다. 하지만 내가 가진 시각에 들어맞는다는 이유로 가능성은 있지만 개연성이 적은 음모론을 맹목적으로 믿어버리면 나의 주장과 논리가 통째로 설득력을 잃을 수 있다. 분노할 거라면 합당한 근거를 기반으로 해야 한다.

09

숨은 좋은 정치인 찾기

"해당 지역구 정치인에게 민원을 요청하거나 해
명을 요구하거나, 특정 활동에 지지를 호소한 적이 있습니까? 또는 면
담 요청을 해본 적이 있습니까?"

영국에는 정치인과의 면대면 간담회 문화가 있다. 유권자의 민원이
나 고충을 듣는 일명 '서저리surgery' 제도다(물론 질병을 치료해주지는 않
는다). 영국 국회의원 대부분은 정기적으로 서저리 자리를 마련한다.
간담회를 원하는 유권자는 해당 지역구 국회의원 사무실에 전화를 걸
거나 이메일을 보내 시간과 날짜를 물어보면 된다. 국회의원은 바쁘더
라도 서저리 요청을 받으면 몇 주일 내로 10~15분가량 시간을 내도록
되어 있다.

유권자는 정치인과 직접 만나 간담회를 갖는 것만으로도 큰 심리적 만족감을 느낀다. 4~5년마다 한 번씩 투표권을 행사하는 일 외에도 스스로의 목소리를 내고 정치에 참여하고 있다는 뿌듯함을 느끼게 된다. 물론 가시적인 성과도 만들어낼 수 있다. 우리 어머니의 삼촌은 1970년대와 80년대에 노동당 국회의원으로 활동하셨는데, 유권자들과 만나 이야기를 듣고 현실을 개선할 수 있는 여러 조처를 취하셨다고 한다(그분 이름은 케네스 마크스Kenneth Marks였는데, 사회주의자 노동당 의원들은 그 이름을 카를 마르크스Karl Marx와 연관 짓길 좋아했다고 한다).

런던 이스트 햄 지구 국회의원 스티븐 팀스Stephen Timms는 2011년 한 해 동안 무려 2300명의 지역 주민들과 일대일 간담회를 가졌다. 안타깝게도 그중 한 명이 이라크 전쟁 반대 시위를 벌이다가 팀스 의원을 칼로 찌르는 불상사가 벌어졌다. 그후부터는 안전상의 이유로 한두 명의 보좌진을 대동하지만 팀스 의원은 여전히 유권자들을 만나고 있다. 팀스 의원뿐만이 아니다. 2011년 73명의 런던 국회의원 중 10명은 연간 1000명 넘는 유권자를 만났고, 국회의원 1명당 연간 평균 720명의 유권자를 만났다.

정치인 만나기

영국 사례를 들은 한국 친구들은 보통 "한국 정치인들은 절대 안 할 걸……"이라는 반응을 보였다(고건 전 서울시장은 토요일마다 유권자와 만나는 자리를 마련했다). 하지만 더 큰 원인은 상대가 응해주지 않을 것이라 지레 단정하고 요청도 하지 않는 태도에 있다. 우리 아버지가 늘 그러셨듯이 "목마른 사람이 우물을 파야 한다". 국회의원 입장에서는 일도 늘고 스트레스도 느끼는데 먼저 간담회를 제안할 리 없다. 따라서 국회의원들이 더욱 열린 자세로 공익 달성을 위해 나서기를 마냥 기다리지 말고 유권자 스스로 나서서 적극적으로 요구해보는 것은 어떨까.

물론 국회의원을 만나기로 작정해도 혼자서는 큰 변화를 이끌지 못할 수 있다. 하지만 트위터나 페이스북에서 천 명쯤 모여 캠페인을 벌이면 기자들도 관심을 갖기 시작할 것이다. 그러다보면 공론화로 이어지고 몇몇 영리한 국회의원은 서서히 간담회 자리를 마련할 것이다. 결국 유권자와 간담회를 여는 것은 좋은 정치인의 상징으로 자리잡고, 시간이 지나면서 국회의원이라면 누구나 간담회를 열어야 할 것 같은 압박을 느끼게 될 것이다.

이름이 'ㄱ'으로 시작하는 한국 국회의원 48명의 홈페이지를 분석해보니 그중 단 한 명만이 유권자와의 만남을 제안했다(물론 홈페이지를 통하지 않고 눈에 덜 띄는 방식으로 유권자와의 만남을 실천하는 국회의원도 있을 수 있다). 그는 스스로를 '국민을 두려워하는' 정치인으로 명명하며 자기소개 옆에 '미팅을 신청합니다'라는 클릭 버튼을 만들어놓았다. 바라건대 해당 국회의원이 그저 말뿐이 아니라 그 말을 실천에 옮기고 있다고 믿고 싶다.

국민을 위해 복무하지 않고 국민 위에 군림하려는 국회의원을 비판하는 것도 좋지만 잘하는 정치인을 칭찬해주는 것도 필요하다. 정치인은 다 똑같다고들 하지만 사실은 그렇지 않다. 2011년 수천 명의 유권자를 만난 팀스 의원이 있는가 하면, 단 한 명의 유권자도 만나지 않은 런던·웨스트민스터의 국회의원 마크 필드Mark Field도 있다. 정치인 중에서도 당연히 더 나은 정치인이 있기 마련이다. 이 사실을 인정하면 정치인의 전체 수준이 개선될 것이다. 왜일까? 정치인과 허심탄회하게 이야기하다보면 "정치인이란 모두 부패하고 게으르며, 그 나물에 그 밥이라는 말을 종종 듣는다"며 그들도 나름의 고충을 호소한다. 국회의원이 실제 어떤 의정활동을 하든지 간에 유권자들은 나쁜 정치인만 떠올리니 국회의원 입장에서는 노력할 의지가 생기지 않는다. 믿거나 말거나 정치인들도 사람이다.

정치인들을 비교해볼 수 있는 아주 유용한 수단이 이미 존재한다. 참여연대가 운영하는 peoplepower21.org의 '국회 열려라' 섹션이 그 좋은 예다. 물론 대다수의 보수나 중도 성향의 사람들은 '참여연대는 좌파 모임 아닌가?' 생각할 수도 있다. 하지만 좌우를 떠나 해당 사이트는 정보의 보고다. 모든 국회의원의 의회 참석률, 의결 이력, 입법 활동 등 갖가지 풍부한 정보를 찾아볼 수 있다.

Peoplepower21.org에 들어가서 각자 지역구의 국회의원이 의정활동을 얼마나 활발하게 하는지 찾아보는 건 어떨까? 혹시 우리 지역구 국회의원이 내가 결사 반대하는 법안을 입안한 장본인인가? 아니면 활동이 거의 없는가? 활동이 거의 없다면, 의원 사무실에 전화를 걸어 의정활동에 대해 논의하고 싶다며 간담회를 요청해보자. 답변이 없으면 친구들을 동원해 간담회 요청이 쇄도하게 만들고, SNS에서도 요란을 떨어보자. 많은 사람이 동참한다면 국회의원들은 유권자에 대해 다시 생각해볼 수밖에 없을 것이다.

최악을 예상하면 최악밖에 얻을 게 없다

영국 노동당 국회의원 글로리아 드 피에로Gloria De Piero는 정치인이라면 무조건 '질색'하는 현실에 분노를 느꼈다. 무슨 일을 하느냐는 질문에 정치인이라고 대답할 때마다 거의 경멸에 가까운 반응이 돌아왔기 때문이다. 특정 정당에 대한 거부감도 아니었다. 소속을 말하지도 않았는데 나이, 사회적 계층을 불문하고 의심의 눈초리를 거두지 않았으며 때로는 적대감을 표시한 사람도 있었다. 결국 피에로 의원은 이 문제에 대한 여론을 조성하고 그토록 정치인을 혐오하는 이유가 뭔지 알아보고자 토론 그룹을 만들기로 결심했다.

결과는 사실 뻔했다. "정치인 하면 가장 먼저 떠오르는 단어는 무엇인가?"라는 질문 항목에 "그들 대 우리" "거만한 특권층" "이기적" "거짓말쟁이" "어려운 말만 하는 사람들" 등의 답변이 나왔다. 그러나 특기할 만한 것은, 면담 등을 통해 실제로 해당 지역구 정치인을 만나본 경험이 있는 사람들의 대답은 이와 달랐다는 점이다. 개인적으로 시간을 내어 직접 정치인을 만난 사람들은 자기 지역구 정치인에 대해 좋은 인상을 가지고 있었다. "좋아한다" "존경한다"고 응답한 사람도 있었다. 하지만 이들조차 정치인 전반에 대해서는 부정적인 의견이 압도적이었다. 정치인은 다 싫은데 자기 지역구 정치인은 예외라는 반응이었다. 피에로 의원은 영국 유력 일간지 가디언에 "조사 결과, TV에서 정치인이 다뤄지는 방식이 문제"라고 밝혔다.

이 결과만 보더라도 유권자들과 만나 이야기를 나누는 것이 정치인 스스로에게 득이 됨을 알 수 있다. 이 사실을 깨달은 것인지 영국 정치인 몇 명은 더 많은 유권자를 만나려고 발벗고 나섰다. 스티븐 팀스 의원이 그랬다. 이들은 보통 재선, 삼선에 성공한다. 피에로 의원과 관련된 조사 결과를 보면 유권자들이 어떤 실수를 범하는지도 알 수 있다. A지역구 유권자는 자기 지역 국회의원은 잘하고 있지만 B지역 정치인은 형편없다고 생각하며, B지역구 유권자는 반대로 생각한다. 다들 자기 지역구 정치인만 잘한다고 생각하는 것은 모두가 자기 나라가 최고라고 믿는 국수주의만큼이나 어리석다.

직관에 어긋나는 것처럼 보이겠지만 권위주의 국가보다 민주주의 국가에서 정치 불신이 더 깊다. 생각해보면 중국 같은 나라의 언론은 정치인 비판 보도 자체를 별로 하지 않는 반면, 영국이나 한국 언론은 부패하고 비열한 정치인의 행태를 요목조목 보도하는 데 여념이 없다. 피에로 의원이 지적한 대로 잘하는 정치인을 보도하는 일은 거의 없다.

영국에서도 한국에서도 정치인은 대중으로부터 형편없는 평가를 받고 있다. 2011년 특임장관실이 실시한 '세대 간 가치관·의식수준 설문조사' 결과 한국 성인 중 무려 87.1퍼센트가 "정치와 정치인을 신뢰하지 않는다"고 응답했다. 언론에서 정치인을 다루는 방식이 가장 큰 원인이다. 대중은 언론에 비치는 정치인의 모습 때문에 모든 정치인이 부패하고 권력욕에 목말라 있으며 보통 사람의 애환을 모르는 나쁜 족속이라는 결론을 내리게 된다. 대중의 눈에 정치인은 사실상 '비인간화'된다. 썩은 정치인을 폭로하는 것이야말로 언론의 올바른 역할이라고 생각할 수 있다. 물론 그 의견에 나도 전적으로 동의한다. 하지만 칭찬을 받아야 마땅한 정치인을 격려하는 것도 언론이 할 일이다. 현재로서는 절반의 역할에만 충실할 뿐이다.

나 또한 정치인에 대해 강한 반감을 가지고 있었는데, 정치인을 직접 만나면서 생각이 바뀌었다. 2011년 영국 국회의원 몇 명이 한국을 공식 방문한 것이 계기가 되었다. 노동당 의원 세 명, 보수당 의원 두 명이 왔는데 모두 소탈하고 점잖았다. 보수당 의원 한 명은 나보다 겨우 몇 살 많았는데, 고향에서 창업에 성공한 뒤 정치에 입문한 인물이었다. 그와 이야기를 나눠보니 자기 지역구 유권자에 대한 애정이 각별함을 느낄 수 있었다. 이제는 고인이 돼버린 노동당 의원 맬컴 윅스 Malcom Wicks는 친절하고 유머 감각이 넘쳤다. 그와는 프리미어 리그 같은 '보통' 이야기도 많이 나눴다. 모두들 허름한 플라스틱 탁자에 둘러앉아 막걸리와 소주를 기울이며 즐거워했다.

포장마차 술자리에 참석하지 못한 노동당 의원은 다음 날 나에게 사과하며 동료 의원들이 자기를 초대하기로 했는데 깜빡하는 바람에 못 나갔다고 했다. 자기만 빠지게 되어 기분이 단단히 상한 모양이었다. 정치인을 딱하게 여기며 "에구……"라고 말한 것은 태어나서 처음이었다.

한국 정치인 중에도 정치인에 대한 편견을 다시 생각해보게 만드는 인물들이 있다. 예를 들어 최재천 새정치연합 의원은 진실되고 따뜻한 인간미가 느껴지는 사람이었다. 권영세 전 새누리당 의원도 한 번 만날 기회가 있었는데 소탈하고 호감이 가는 매우 합리적인 사람이었다. 진보 언론에서는 뭇매를 맞기도 했지만 직접 만나고 나서 좋은 인상을 받았다. 그와는 완전히 반대 방향의 정치노선을 걷는 노회찬 전 정의당 의원도 직접 만난 뒤 깊이 존경하게 되었다.

물론 정반대 인물들도 있다. 실명을 거론하고 싶지는 않지만 정치노선을 불문하고 사람을 냉대하거나 국회의원으로서의 권리를 당연한 것처럼 여기며 거만하게 행동하는 사람도 있었다. 득 볼 것이 있는 사람한테는 잘하고 그렇지 않은 사람들에게는 함부로 대하는 정치인도 있고, 행사장에 불쑥 나타나 남의 대화에 끼어들어 명함을 들이대며 듣기 역겨울 정도로 자기 학벌을 떠벌리고는 다른 테이블로 훌쩍 자리를 옮기는 사람도 있고, 대중을 무시하며 내려다보는 기색이 역력한 정치인도 있다. 결론은 정치인을 모두 싸잡아 단일 집단으로 간주하고 성급하게 판단할 것이 아니라 개별 인간으로 따로따로 평가해야 한다는 것이다. 또한 언론은 일반적으로 정치인이 잘못하는 점을 보도하는 데 열중하는 경향이 있음을 기억해야 한다.

　문제는 우리가 으레 최악의 정치인을 상정함으로써 정치인을 망치는 데 일조한다는 점이다. 영국 정치인들은 지나치게 언론을 의식한 나머지 점점 무색무취의 인물들이 되어가고 있다. 발언과 행동 하나하나에 너무 신경을 쓴 탓이다. 위험을 감수하고 소신을 밝히는 국회의원은 몇 명에 불과하다. 더 심각한 문제는 유권자와 정치인 간의 심리적 간극이 더 커지고 있다는 것이다. 유권자는 정치인을 부패한 몹쓸 존재로 생각하고, 정치인은 유권자들이 적대적이라고 느낀다. 민생에 헌신해봤자 이렇다 할 당근도 돌아오지 않으니 정치인 입장에서도 의욕이 생길 리 없다.

　어느 날 피에로 의원 앞으로 유권자가 보낸 흥미로운 편지가 도착했다. "영국의 점잖고 공정한 준법시민 대다수는 정치인과 정치제도에 신뢰를 잃었고, 이는 총선이나 지방선거의 저조한 투표율에서 여실히 드러납니다. (…) 정치인은 저조한 투표율을 두고 '무관심'이라고 표현하는데 문제의 핵심을 잘못 짚어도 한참 잘못 짚었습니다." 유권자들이 점점 정치에 무심해지고 있다는 것이 일반적 시각이다. 하지만 무관심이란 흥미가 부족함을 의미한다. 영국이든 한국이든 정치에 대한 관심 부족보다 "어차피 정치인들은 그 나물에 그 밥인데 수고스럽게 투표장까지 나가야겠나?"라는 인식이 더 문제 아닐까?

그 결과 투표율은 저조해지고 일반 대중은 민주적 절차를 스스로 '포기'했다고 느끼게 된다. 공익의 수호자로서 본분을 다하려는 언론이 아이러니하게도 정치인에 대한 부정적 인식을 심어주고, 결과적으로는 모두가 소중히 여겨야 할 민주적 정치문화를 훼손하고 있다.

필자 또한 정치인과 정치계급 비판에 많은 시간을 쏟는다. 그럴 만한 이유가 있다. 한국 정치는 썩을 대로 썩었고 유치하며 이기심으로 가득하다. 하지만 이는 '나쁜' 정치인의 문제라기보다는 정치제도의 문제다. 정치인도 결국 사람이며 그들도 잘할 때는 칭찬받고 존경받아야 함을 잊어서는 안 된다. 세상사가 모두 그러하듯 최악의 모습을 보려고 하면 실제로 '최악'을 이끌어내게 된다.

Democracy
Delayed

정당정치 다시 쓰기

10

저격이 아니라
건설을 원한다

"여러분 인생에서 소중한 사람이 스스로는 물론
타인에게까지 해를 끼치며 깊은 수렁에서 헤어나오지 못한다면 어떻
게 하겠습니까?"

근본적으로 따져보면 새정치연합이 바로 그런 존재다. 민주주의를
수호하기 위해서는 야당이 잘 작동해야 한다. 또한 합리적 중도좌파
정당도 필요하다. 애석하게도 현재 제1야당인 새정치연합은 잘 작동
하지도 합리적이지도 않으며 중도좌파 정당도 아니다. 솔직히 말해 필
자는 새정치연합의 정체를 도통 모르겠다. 비단 나뿐만이 아니리라.

안타깝기 그지없는 현실이다. 사실 새정치연합에는 좋은 사람이 많
다. 새정치연합이 고전을 면치 못하는 것은 소속 의원 개개인의 문제

라기보다는 정당 전체, 역사, 정파 문제 탓이다.

미국인들은 잘못된 길로 빠진 친구나 가족의 일에 '개입'하기를 좋아한다. 예를 들어 가까운 사람이 심각한 알코올 중독이나 게임 중독에 빠지면 방에 그 사람을 몰아넣고 "도저히 가만있을 수 없어. 너를 사랑하지만 이대로는 안 될 것 같아"라고 말하면서 당사자 스스로 문제를 깨닫고 눈물을 흘리며 갱생의 길을 걷겠다고 약속할 때까지 방에서 못 나오게 한다.

한국 유권자도 최근 몇 년 동안 수차례에 걸쳐 새정치연합 갱생에 힘썼다. 2012년 4월, 12월, 2014년 7월에 있었던 주요 선거 등이 구체적인 예다. 안타깝게도 새정치연합은 구태에서 벗어나지 못하고 있다. 그럼 이제 어떤 선택이 남았을까? 가족이나 친구라면 계속 설득하는 것 외에는 별다른 도리가 없다. 잘못된 길로 빠졌다고 해서 버릴 수는 없지 않은가. 하지만 정당은 다르다. 피붙이나 친구에게 느끼는 정을 기대하기는 힘들다. 바야흐로 새정치연합은 와해되고 새로운 중도좌파 정당이 출범할 시점이 도래한 것은 아닐까?

물론 한두 번 선거에서 졌다고 큰 죄를 지은 것은 아니다. 하지만 최근 선거는 새정치연합에 따놓은 당상이었다. 그럼에도 결과는 참패의 연속이었다. 2014년 7월 재·보궐선거는 세월호 참사가 일어난 지 겨우 몇 달 뒤에 치러졌다. 2012년 대선은 어땠나? 좌파가 선점할 수 있는 '경제민주화'가 화두로 떠오르고 재임 대통령과 집권 여당의 인기는 바닥이지 않았나? 더 심각한 것은 새정치연합이 패배할 때마다 드러나는 패턴이 일관적이며, 그 양상을 극복하기가 불가능해 보인다는 점이다.

그럼 새정치연합이 어떤 패턴을 보이는지 살펴보자.

전략 없는 네거티브

대선을 앞둔 2012년 11월 어느 날, 필자는 영등포에 위치한 당시 민주당 당사를 방문했다. 새누리당 당사는 여의도 국회의사당 근처 노른자 자리를 차지하고 있는 반면, 민주당 당사는 어딘지 모르게 부조화스러워 보이는 허름한 회색 건물에 있었다. 그러나 그것이 오히려 예산을 낭비하지 않는다는 인상을 주었다.

새정치연합 관계자들은 부족한 재원을 몸으로 때우려고 안간힘을 쓰고 있는 것 같았다. 종이 꾸러미를 안고 여기저기 분주하게 움직이는 모습이었지만 다들 결의에 가득 차 보였다. 필자의 친구도 그 무리에 끼어 있었다. 친구는 선거본부에서 열심히 뛰고 있는 몇 안 되는 여성 참가자 중 한 명이었다. 친구는 문재인이 더 나은 한국을 만들 것이라 확신했고, 그 꿈을 이루기 위해 헌신적으로 선거 캠프를 도왔다.

하지만 친구의 노력은 물거품으로 돌아갔다. 왜일까? 네거티브 전략이 가장 큰 패인이다. 최선책이 아닌데도 새정치연합은 줄곧 네거티브 선거전략을 구사해왔다. 앞서 언급한 친구도 새누리당 때리기가 유일한 전략이었다고 개탄하며 새정치연합이 네거티브 선거전략에 의존하고 있음을 인정했다. 새정치연합 당사 방문 후 가장 기억에 남는 것은 'BBK실' 팻말이 붙은 방이었다. 거기에는 'BBK실'이 아니라 집권에 성공하면 달성하고 싶은 비전을 담은 긍정적인 이름을 붙였어야 했다. 하지만 늘 그래왔듯이, 새정치연합의 제1순위 과제는 정부 여당 공격이었다.

그리고 왜 하필 BBK인가? 케케묵은 스캔들일 뿐 아니라, 이미 2007년 대선 때 동일한 의혹이 불거졌지만 끝내 이명박이 당선되지 않았나? 물론 2012년 당시 이명박의 인기는 바닥까지 추락했다. 하지만 새누리당 대선후보는 다름 아닌 박근혜였다. BBK 비판으로 효과를 보려면 유권자의 눈에 이명박과 박근혜가 동일시되어야 한다. 당시 '이명박근혜'라는 말이 나온 것도 이 때문이다. 하지만 박근혜에게 이명박은 공생 관계가 아니라 함께 묶이고 싶지 않은 숙적에 가까웠다. 새누리당을 혐오하는 유권자에게는 박근혜나 MB나 다를 바 없었지만 일반 유권자들은 새정치연합의 바람과 달리 새누리당을 그 정도로 싫어하지 않는다.

새정치연합은 2012년 제19대 국회의원 선거 때도 'MB 정권 심판'에 몰두했다. 그걸 보고 나는 '안 먹히겠구나' 하는 생각이 들었다. 총선을 앞두고 중앙일보 기자로 일하는 친구 몇 명에게 아무래도 새누리당이 다수 의석을 확보할 것 같다고 하니, 다들 말도 안 된다고 했다. 하지만 결국 새정치연합은 네거티브 전략과 반MB 카드로 총선에서 대패했다. 그런데도 대선에 똑같은 전략을 들고 나온 것은 도저히 이해가 되지 않는다. "MB 임기 5년 동안 지치지 않으셨습니까? 삶이 더 고단하지 않습니까?"를 외치는 영상 홍보물도 거의 재탕했다.

박근혜는 상대 후보이니 당연히 맹공격의 대상이었다. 하지만 박근혜에 대한 비판은 주로 아버지 박정희에 관한 내용이었다. 박정희는 설문조사 때마다 매번 한국 역사상 역대 최고의 대통령으로 꼽힌다.

예를 들어 '대통령직을 가장 잘 수행한 인물'을 묻는 2008년 설문조사에서는 박정희가 56퍼센트의 지지로 압도적인 1위를 차지했다. 15.9퍼센트 지지를 받은 김대중이 2위였다. 새정치연합에는 불편한 현실이다. 박정희 독재정권에 대한 비판이 그들 담론의 근간을 이루기 때문이다. 박정희 무덤에 '침을 뱉어서' 전체 유권자 중 3분의 1의 굳건한 지지는 확보할 수 있을지 몰라도 다수를 설득하는 것은 불가능하다.

포지티브 전략이 절실한 이유

필자는 2012년 12월 대선에서 박근혜가 간신히 이길 거라고 예상했다. 그러나 박근혜 정부에서 여성가족부장관을 거쳐 청와대 정무수석으로 활동하고 있는 조윤선을 만나고 나서 박근혜가 확실히 이길 거라고 생각을 바꾸었다. 조윤선은, 새정치연합은 국민을 99퍼센트와 1퍼센트로 분열시키는 데 여념이 없다면서 씁쓸한 분열정치를 하고 있다고 지적했다. 그러고 나서 "우리는 모두를 위한 정치로, 국민들을 분열시키지 않을 겁니다"라고 덧붙였다.

단순한 수사였지만 번뜩 떠오르는 게 있었다. 한국은 아직 사회·경제적 지위 향상에 대한 열망이 강한 나라다. 많은 사람이 부자에 대한 불만을 늘어놓으며 주사위는 이미 재벌에 유리하게 던져졌다고 생각하지만, 그렇게 말하는 사람도 남들보다 앞서고 싶어한다. 솔직히 그들도 아이들이 명문대에 가길 바라고 좋은 것을 사고 싶어한다. 계급의식이랄 것도 없다. 예를 들어 내 고향인 영국 북부에서 찾아볼 수 있

는 '노동계급의 긍지' 말이다(물론 영국 노동계급이 자부심을 가지게 된 데
는 그럴 만한 배경이 있다. 엘리트 계층의 자녀들이 부모의 지위를 세습하고
개인의 능력과 상관없이 사회적 위치가 고착화되면서 '능력 중심 사회'는 설
득력을 잃었다. 한국에서도 이미 이와 비슷한 조짐이 보이고 있다). 2014년
퓨Pew 리서치 센터 설문조사에 따르면 한국인의 78퍼센트가 자유시장
경제를 옹호하는 것으로 나타났다. 이는 미국(70퍼센트), 영국(65퍼센
트)을 포함한 10대 '선진국'보다 높은 수치다. 엄밀히 말해 한국은 자
유시장경제가 아닌데도 대다수 국민은 '자유 시장'이라는 말에 매료
되는 것 같다. 따라서 매우 안타깝게도 빈곤층에 대한 자비로움을 강
조해봤자 효과가 없고, 빈부격차로 인한 계급 갈등 이야기도 설득력이
떨어지는 것이다.

성공 지향적인 한국 사회에서 진보 진영이 선택할 수 있는 최고의
전략은 부자를 벌하는 정책이 아니라 진보적이되 유권자의 사회·경
제적 지위 향상에 도움이 되는 정책을 제시하는 것이다. 사회계층 고
착화가 더 심한 나라도 마찬가지다. 네거티브 전략은 한계가 있기 마련
이다. 대표 얼굴만 바꾸거나 계층 간 투쟁을 부추길 것이 아니라 더 나은
미래를 제시하는 포지티브 전략을 구사해야 진보 진영이 이길 수 있다.

평균적인 유권자들에게 보수주의는 일종의 '기본 세팅'이다. 사람들
은 대체로 변화를 싫어한다. '얻는 것'을 좋아하는 마음보다 '잃어버릴
지도 모른다'는 두려움이 더 크기 때문이다. 여기서 말하는 보수주의
는 정치적 의미에서의 보수가 아니라 연속성을 선호하는 인간 심리의
보수성을 의미한다. 한국에서 연속성이란 박정희가 추진한 재벌 일변
도의 국가 주도형 자본주의를 잇는 새누리당으로 대변된다.

이 연속성을 깨기 위해서는 변화를 두려워하는 사람들을 설득할 만큼 큰 이득을 가져다줄 수 있는 정권을 창출해야 한다. 이런 관점에서 볼 때, 새누리당 때리기로 일관하는 새정치연합의 전략은 먹혀들 리 없다.

돌 던지기

새정치연합의 역사는 사회에 뿌리 깊게 자리잡은 강력한 기득권에 대한 저항과 투쟁의 연속이었다. 창당을 이끌었던 인사들은 이제 높은 지위의 중년이 되었지만, 대다수는 아직도 젊은 시절 데모 정신을 그대로 고수하고 있다. 김한길 대표가 면도도 안 하고 길거리에서 '노숙' 투쟁을 한 것은 당의 관점에는 들어맞았는지 몰라도, 그런 인물이 정권을 잡아야 한다고 생각한 사람들은 그리 많지 않았을 것이다.

2012년 국회의원 선거 때 새정치연합이 나꼼수 멤버 김용민을 후보 공천했을 때도 놀라지 않을 수 없었다. 재미있고 추종자가 많은 사람인 것은 맞지만, 그의 역할은 옆에서 지켜보면서 정부에 돌을 던지며 비판하는 것이다. 그는 정권을 잡아 새로운 정부를 꾸리는 데 적합한 인물이 아니다.

그런데 새정치연합(특히 그 당시 영향력이 커진 친노 계열)은 나꼼수와 지나치게 가까워졌다. 거리를 적당히 유지했다면 나꼼수는 새정치연합에 좋은 자산이 됐을 것이다. 나꼼수는 웃기고, 신선하고, 공격적이었다. 무엇보다 하늘을 찌르는 인기를 누렸다. 음모론을 제기하고, MB

나 박정희 후손의 부패에 관련된 거라면 뭐든지 덤벼들려고 하는 등 지나친 면이 있었지만 돌 던지는 역할을 톡톡히 해낸 드림 팀이었다. 거친 역할은 나꼼수에 맡기고, 새정치연합은 한발 물러나 포지티브 선거를 펼쳤다면 최상의 시나리오로 이어질 수 있었다. 하지만 새정치연합은 나꼼수와 '절친'이 되고 그중 한 명을 공천하고 말았다.

한술 더 떠 김용민의 막말 파문까지 터졌다. 과거에 콘돌리자 라이스 전 미국 국무장관을 두고 충격적인 발언을 한 사실이 드러난 것이다. 웃기려고 한 말이라지만 그런 발언을 한 사람을 국회에 앉힐 수는 없는 노릇이다. 앞에서 말했듯이 애초부터 김용민 공천은 오판이었다. 막말 파문이 터졌는데도 즉각적으로 후보 철회를 하지 않은 것은 더욱 어이없는 처사였다. 공세가 절실한 시점이었는데, 보수 언론은 김용민의 막말을 트집잡아 새정치연합을 꼼짝 못하게 했다. 게다가 여성 권리나 성 평등은 새정치연합에 꼭 필요한 의제였다. 유영철을 시켜 콘돌리자 라이스를 강간하고 죽여야 한다는 농담을 한 사람을 후보로 올린 것은 한참 잘못된 선택이었다.

설득하라

7월 30일 재·보궐선거 다음 날인 2014년 7월 31일 조선일보는 새정치연합의 참패 원인을 분석하며 고소해하는 듯한 사설을 실었다. 사설에서는, 새정치연합 대변인이 순천에서 발견된 유병언의 시신에 대해 의구심을 품는 등 선거 전날까지도 세월호 비극을 정치적으로 이용한

점을 패인의 하나로 지목했다. 같은 날 리얼미터 설문조사에 따르면, 응답자의 46퍼센트가 세월호 참사 심판론이나 정권 심판론에 기댄 새정치연합의 잘못된 선거 전략을 참패 원인으로 꼽았다. 새정치연합의 동기가 무엇이었든 간에 마지막 순간인 선거 하루 전날까지 힘써야 할 일은 따로 있었다. 왜 새정치연합을 뽑아야 하는지 유권자를 설득하는 일이었다.

새정치연합은 유권자를 설득하는 일에 늘 젬병이다. 새누리당을 비판하고 정부 인사들의 스캔들을 공격하는 등 어부지리식 승리에만 기댈 뿐이다. 포지티브 선거를 통해 왜 새정치연합을 선택해야 하는지 보여주지 못한다. 포지티브 선거가 가능하려면 더 나은 나라를 위한 비전을 제시하는 정책 기반의 리더십이 필요하다. 새정치연합은 차기 정부라기보다는 만년 야당처럼 행동한다. 만년 야당처럼 행동하면 야당에서 결코 벗어날 수 없다는 점이 새정치연합의 비극이다.

11 프로페셔널리즘은 어디에 있는가

박근혜 정부는 출범 이후 잇따른 인사 파문도 모자라 전략적 실책으로 갈팡질팡하는 모습을 반복해서 드러냈다. 그러나 새정치연합도 엉망인 터라 집권 여당의 실책이라는 절호의 기회를 잘 살려내지 못하고 있다. 정치에서 프로페셔널리즘, 일관성, 일사분란한 조직력은 정치이념만큼이나 중요하다. 이런 점에서도 야권은 지리멸렬하다.

외신기자로 일할 때 새누리당과 새정치연합 양쪽 관계자들을 모두 만나면서 이 문제를 뼈저리게 느꼈다. 특히 야권의 문제를 절감하며 안타까움을 금할 수 없었다. 전체적으로 볼 때 새정치연합 사람들이 인간적으로는 더 호감 가고 친근감이 들었지만 당 관리나 선거전략 등 기술적인 측면에서는 확실히 열세였다.

우왕좌왕 자승자박

"우리는 너무 민주적이에요." 2012년 대선 당시 문재인 캠프 취재원이 한 말이다. 새정치연합은 운동권 출신 기반의 반反독재 정당이라 모든 사람이 발언권을 갖는 것이 불문율로 통하는 것 같다. 바람직한 절차지만 자칫 당내 질서나 통합의 결여로 이어질 수도 있다. 앞서 언급한 취재원에 따르면 "새누리당은 모든 구성원이 맡은 바를 명확히 알고, 무엇을 해야 할지 파악하고 있다".

새정치연합 강경파 의원들이 걸핏하면 국회에서 퇴장하거나 당 지도부에 반발하고, 홍익표 의원이 박근혜를 일컬어 "귀태의 후손"이라고 발언할 수 있었던 것도 당내 강력한 장악력이 없기 때문인 것 같다. 물론 매일 시위를 하든 누군가를 '귀태'라고 부르든 그것은 개인의 자유다. 그럴 수 없다면 자유민주주의 국가가 아니리라. 하지만 그로 인해 자승자박의 상황을 초래하는 것은 아닌지 스스로 판단해야 한다. 또한 당을 대변하는 입장이라면 내부적 합의에 따르는 것이 마땅하며, 적어도 당에 폐가 되지 않는 범위에서 이견을 표출해야 한다. 그것도 못할 바에는 탈당하고 독자 정당을 출범해야 하지 않을까?

박영선 대표가 세월호 특별법 여야 합의안을 도출했지만, 새정치연합 의원들과 유족들이 거부하자 재합의를 요구하는 사태가 벌어졌다. 이게 무슨 꼴인가? 애초에 합의안 타결을 해서는 안 되는 일이었다. 또한 조직과 정당이 효과적으로 소통해 합의안 타결에 따른 반응을 충분히 예측했어야 했다. 뿐만 아니라 일단 당 대표가 합의안을 정하면 나머지 의원들은 입을 다물거나 정말로 마음에 들지 않으면 탈당하는 것이 온당하다. 국민의 눈에 새정치연합은 또한번 체계도 없고 확신도 없는 당으로 비쳤다.

박지원 의원은 당시 공동대표였던 안철수를 두고 "안철수는 김대중이 아니다"라고 발언하기도 했다. 이런 발언이 당에 무슨 도움이 되는가? 특히 야당은 집권 여당에 효율적으로 대항하려면 단결된 모습을 견지해야 한다. 그랬던 박 의원은 안철수가 당 대표에서 물러나자 "당에 소중한 자산"이라고 말을 바꿨다. 참으로 이상한 일이다(안철수는 당 대표가 된 지 겨우 128일 만에 김한길과 동반 사퇴했다).

선거에서 대패할 때마다 새정치연합 핵심 인물은 선거 결과에 사과하고 진정으로 반성하며 당을 쇄신하겠다고 다짐한다. 물론 바뀌는 것은 아무것도 없다. 집권 여당과의 격차는 크지만 제2당인 새정치연합은 중도좌파 자리를 차지하고 있다. 새정치연합은 스스로를 개혁하지 않으면 결코 제1당이 될 수 없다. 현재 상태만 두고 말한다면 새정치연합은 새누리당의 단짝이다.

외신을 다루는 방식

필자가 직접 겪어보니 새누리당과 새정치연합 간의 기술적 역량 차가 두드러진 부분이 있다. 새누리당에는 외국 유학이라는 특권을 누린

의원들이 많아서일 수도 있다. 솔직히 말해 나는 정계, 재계, 학계를 막론하고 수많은 한국 엘리트들이 미국 유학파라는 사실이 마뜩지 않다. 한국의 지적, 문화적 독립에도 해롭다는 생각이 든다. 또한 이는 한국의 사대주의를 반영하는 현상이기도 하다. 그리고 야권의 유아론唯我論도 새누리당과의 역량 차에 한몫한다.

정확히 어떤 격차일까? 간단히 말해, 새누리당이나 전경련 같은 조직을 포함한 한국 '보수층'은 대체적으로 외신을 훨씬 더 잘 다룬다. 단순히 영어 구사능력이 더 뛰어난 것만이 아니라 외신기자들이 듣기 좋은 문구를 만드는 데도 능하다(물론 보수층이 영어를 더 잘하기도 한다. 영어를 못하는 사람들이 있다 하더라도 야권보다 더 뛰어난 통역사들을 보유하고 있는 것 같다).

새정치연합이나 군소 야당이 외신기자들과 경제민주화 같은 주제에 대해 논의하는 모습을 볼 때면 늘 절망스러웠다. 한국에서는 통할지 모르는 커뮤니케이션 방법이 언론에서 가장 영향력이 크다고 할 수 있는 영미권 언론에는 잘 먹히지 않는다. '영미권'에서는 감정에 기반한 커뮤니케이션을 철저히 배제하는 반면, 한국에서는 감정을 중시하기 때문인 것 같다. 개인적으로 나는 감정도 논리만큼이나 중요하다고 생각한다. 그리고 감정과 논리의 양립이 불가능하다고 생각하지 않는다. 하지만 대부분의 영미 지식인층은 필자의 생각에 동의하지 않을 것이다.

한국 좌파는 외신기자와 인터뷰할 때 통계나 경제이론을 인용하거나, 차분하고 합리적인 어조로 전경련 같은 조직이 내세우는 주장의 논리적 오류를 지적하지 못한다. 대신 삼성이 엄청난 부를 축적하는데 아직도 빈곤층이 많은 것은 부당하며, 정부는 소수 특권층인 최상위 1퍼센트의 이익만을 대변한다는 주장을 펼친다. 사실에 기반한 논리적 주장을 듣고 싶어하는 월스트리트저널이나 파이낸셜타임스 기자들은 공감하지 못하는 의사소통 방식이다.

반면 한국 우파는 어떻게 포장해야 영미권에 어필할 수 있는지 잘 파악하고 있다. 대기업 독주를 침해하는 모든 것은 '시장 원리에 반하는' 것으로 매도하고, '사회주의'라는 구호가 미국인에게는 공산주의 알레르기를 일으킨다는 것 또한 잘 알고 활용한다. 유창한 영어로 경제이론도 이것저것 언급한다. 똑똑하고 박식한 기자라면 그런 주장이 말도 안 되며 한국 대기업의 독주가 시장원리와 거리가 멀다는 것을 어렵지 않게 파악할 수 있지만, 모든 기자가 똑똑하고 많이 아는 것은 아니다.

한국 여론에 외신의 목소리가 큰 영향을 미쳐야 한다는 말은 결코 아니다. 하지만 많은 한국인이 외신 보도에 지나치게 관심을 보이는 것은 분명한 것 같다. 그렇기 때문에, 한국 진보는 새누리당과 대기업에 못지 않을 만큼 외신과의 소통 방식을 개선해야 한다. 많은 비용이 들지 않으면서도 상당한 효과를 거둘 수 있다.

『이코노미스트』나 월스트리트저널 기자가 어떤 기사를 쓰든 쓰지 않든, 한국의 특정 정당이나 후보에 편향을 드러내든 말든 그런 것들은 사실 중요하지 않다. 하지만 외신이 '일정한 정도'의 영향을 미치는 현실은 부인할 수 없을 것 같다. 한국 관련 외신 보도가 있을 때마다 어김없이 주류 언론에 인용 보도되는 것만 봐도 알 수 있다(국제부 기자들이 하는 일의 절반은 외신보도 인용이 아닌가 싶다). 한국 언론이나 정당들이 외신 보도를 자기 쪽에 유리하게 과장하거나 오역하는 것도 우연이 아니다.

2012년 대선을 앞두고 『타임』지는 'The Strongman's Daughter'라는 제목으로 박근혜를 커버스토리로 실었다. 이에 대해 새누리당은 국내 언론에 뿌린 보도자료에서 'strongman'을 '강력한 지도자'로 번역해 내보냈다. 하지만 'strongman'은 '독재자'라는 의미에 가깝다. 오마이뉴스 기자로 일하는 친구가 필자에게 전화를 걸어 'strongman'을 우리말로 뭐라고 번역하면 좋겠냐고 물었다. 필자는 '독재자'를 우회적으로 표현한 말이라고 대답했고, 친구는 새누리당의 의도적인 오역 해프닝 자체를 기사화했다. 물론 박근혜의 반대 진영에 도움이 되는 내용이었다. 양쪽 언론 모두 외신을 자기들에게 유리한 쪽으로 이용한 예라고 할 수 있다(물론 이 경우에는 한쪽만 사실에 충실했다).

덧붙이자면 조선일보는 외신 보도를 인용할 때 상당히 교묘하다. 물론 조선일보에도 선하고 정직한 기자가 많지만 내가 한 말이 잘못 인용되었다고 느낀 적이 몇 번 있었다. 전작 『기적을 이룬 나라 기쁨을 잃은 나라』에서 나는 "대중의 시각에서 봤을 때, 햇볕정책은 휘황찬란한 실패로 귀결되고 만 것이다"라고 썼는데 조선일보는 앞뒤 다 잘라버리고 마치 필자의 사견인 것처럼 '햇볕정책은 휘황찬란한 실패'라는 제목을 뽑았다. 나머지 기사 내용 어디에도 왜곡된 기사 제목을 바로잡아주는 말은 없었다.

다시 본론으로 돌아가자면, 외신기자뿐 아니라 대다수 한국인이 보기에도 새누리당은 라이벌 정당에 비해 훨씬 잘 조직화된 정당이다. 애석하게도 사실이다. 세상만사가 그렇듯이 잘 정비돼 있으면 절반쯤 승리를 따놓은 것이다.

리스크에 대처할 줄 아는 사람이 필요하다

새정치연합은 과거 386세대와 운동권 지식인층이 주류를 이루기 때문에 젊은 유권자나 보통 사람들의 고충을 잘 이해하지 못한다고 앞에서 말한 바 있다. 인권변호사와 언론인 등을 포함한 운동가 중심 정당의 또다른 문제는 경영 역량을 갖춘 사람이 드물다는 점이다. 운동가나 인권변호사 등이 당의 방향성을 제시하는 정신적 지주가 될 수 있을지는 모르지만, 조직력이 뛰어난 검증된 인물들도 필요하다.

정확히 말해 의원 구성 불균형 문제는 비단 새정치연합에만 국한되는 것이 아니다. 전체 국회의원 가운데 기업인 출신은 7.3퍼센트에 불과하다. 반면 학자 출신은 17.7퍼센트, 법조계 출신은 10.3퍼센트, 정무직 출신은 11.3퍼센트, 정당 관련 배경의 국회의원은 26.3퍼센트에 달한다. 그런데 새정치연합의 상황은 조금 더 심각하다. 소속 의원의 70퍼센트가 학계, 법조계, 정무직, 당 관련 출신이고 재계 출신은 5.5퍼센트에 불과해 전체 평균에도 미치지 못한다.

위의 통계로 미루어볼 때 새정치연합 의원의 70퍼센트(원로 변호사 출신 제외)는 대규모 예산이나 인력을 관리해본 경험이 없다고 할 수 있다. 경험이 있다 해도 문제가 생겼을 때 책임 추궁을 당하지 않을 정도의 경험일 뿐이다. 대부분은 예산이나 인력을 관리할 필요가 전혀 없거나, 우리가 매일 맞닥뜨리는 시장의 힘이 미치지 않는 범위에서 제한적으로 관리할 뿐이다. 예를 들어 프로젝트 예산 부실 관리로 재정 낭비가 발생했다 하더라도 담당 정부관료가 해직되는 일은 없다.

앞서 말했듯이 보통 사람들은 시장의 영향에서 자유롭지 못하다. 대기업의 독주로 한국의 대다수 노동자는 중소기업에 다니면서 늘 불확실한 미래에 시달린다. 대기업에 다닌다 해도 과거와 같은 고용 안정은 없다. 자녀들이 대학에 진학하고, 결혼하는 등 인생에서 가장 큰돈이 들어가는 시점에 명예퇴직 통지를 받을 수도 있다. 요즘 같은 때는 정리해고되지 않고, 회사가 망하는 일 없이 순탄하게 정년퇴직을 맞이하는 것만으로도 매우 운 좋은 인생이라고 여겨질 정도다. 나도 다니던 회사가 파산해 백수가 된 적이 있는데, 그때 고작 스물네 살이었다!

한국의 주요 정당인 새누리당과 새정치연합은 대부분 전직 교수나 검사, 정당 일원, 정부관료 등으로 이루어져 있다. 이들은 보통 사람들이 처해 있는 엄혹한 자본주의의 현실을 마주할 필요가 없는 계층이다. 이들은 회사에서 해고당할까봐, 또는 그나마 다니고 있는 중소기업이 파산할까봐 걱정할 필요가 없었다.

우리 아버지도 다니던 회사에서 정리해고됐다. 내가 겨우 열두 살때였다. 갑자기 닥친 날벼락이었고, 실직 후 아버지는 나락으로 떨어졌다. 아버지는 중소기업 중간 관리자라는 직책에 자부심이 많으셨다. 졸업장 하나 없이 중도에 학교를 관두셨기 때문에 그만큼도 성공했다고 생각하셨다. 그러나 한순간에 쓸모없는 존재가 되었다는 분한 마음에 신경쇠약까지 겪으셨다. 어떤 날은 주체할 수 없을 정도로 몸을 떨기도 했고, 어떤 날은 분노를 참지 못하고 집이 떠나가라 소리치기도 했다. 우리 가족은 물론 경제적으로 쪼들렸다. 힘든 시절이었지만 필자가 받은 '수업'에 대해 감사하게 생각한다. 그런 경험이 없었다면 어려운 이웃에 공감도 못하고 돈을 함부로 썼을지도 모른다. 필자가 좋은 정치인감이라는 말이 아니다. 필자는 좋은 정치인감이 못 된다. 다만 정치권에도 '진짜' 경제의 굴곡을 겪은 사람들이 있어야 한다는 것이다.

12

부족주의에
결별을 고함

"참 흐리멍덩하네. 그렇지 않나?"

대선을 앞두고 당시 민주당 당사를 방문했던 『이코노미스트』 수석 기자 중 한 명이 한 말이다. 필자의 상사이기도 한 수석기자는 당 관계자들에게 '경제민주화'에 대해 물었지만, 반反대기업 정서가 가득한 뻔한 대답만 돌아올 뿐 하나같이 알맹이가 부족했다. 절망스럽기 그지없었다. 한국 경제 시스템에는 마땅히 제기되어야 할 문제가 많은데도 제대로 설명할 수 있는 사람이 아무도 없는 것 같다. 장하성 교수 등 몇 명을 제외하고 나머지는 99퍼센트 대 1퍼센트 국민 양극화에 관한 이야기뿐이다.

안타까운 부족주의

새누리당과 박정희식 발전 모델이 기본 세팅된 나라에서 변화를 꾀하려면 기존 시스템의 문제부터 명확히 밝히고 구체적인 비전과 정책 등을 제시해야 한다. 사실 앞에 언급한 수석기자는 새누리당 정책도 '흐리멍덩하다'고 생각했다. 하지만 새누리당은 이러나저러나 별 영향을 받지 않는다. 집권 여당이고 상대 야당은 지리멸렬하니 얼마든지 현상 유지가 가능하다. 사실 새누리당은 단 한 번도 철학이 있었던 적이 없고, 필요하지도 않았다. 하지만 나머지 정당들은 고군분투하며 예리한 분석과 명확한 비전을 제시해야만 한다.

안타깝게도 새정치연합 역시 기본 철학이 빈약할 뿐 아니라, 논리 정연하면서 명확하게 정리된 장기 정책이 없다. 햇볕정책만이 예외다. 철학이 있어야 할 자리에는 민주화 운동에 뿌리를 둔 저항의 역사가 지배하는 '부족주의tribalism'가 자리잡고 있다. 애석하게도 새정치연합의 민주화 운동 이력은 대다수 유권자에게 반감을 불러일으킨다. 오늘날 한국 유권자는 1980년대 민주화 역사나 김대중·노무현 민주정부 10년보다는, 더 폭넓은 이슈에 관심을 보인다.

새정치연합 하면 어김없이 친노, 동교동계 인사 등의 용어가 등장한다. 최근에는 여기에 안철수 지지 세력도 추가될 것이다. 새정치연합은 계파 문제로 바람 잘 날이 없다. 내부적으로 차이가 존재해도 주 권력층에 대항하는 집단적 경험이 있는 사람들이 한데 묶여 있다는 의미로 새정치연합을 '부족주의部族主義' 정당이라고 칭했다. 즉 새정치연합은 당으로서의 독자적인 가치가 아니라 '반대한다'는 대명제로 묶여 있다.

2012년 대선에 얽힌 일화를 하나 소개하고자 한다. 월스트리트저널 기자도 필자와 마찬가지로 민주당 당사를 방문해 고위 당 관계자 두 명을 만났다. 필자의 친구이기도 한 그 기자는 선거 캠페인, 정책과 경제, 남북관계 등에 대한 문재인 후보의 시각을 포함해 다양한 질문으로 무장하고 당사를 찾았다. 선거를 앞둔 상황에서 쉽게 예상할 수 있는 질문들이었다. 그는 인터뷰 당사자가 단단히 준비하지 않으면 안 되는, 만만치 않은 상대로 악명 높은 기자였다.

막상 만나보니 당 관계자들은 월스트리트저널 기자가 준비해간 질문에는 전혀 관심 없고, 1980년대 본인들의 활약상에 대해서만 말하고 싶어했다. 그들은 자신들의 인생에서 결정적인 경험이 된 학생운동 이야기로 논의의 초점을 바꾸기로 아예 작정한 듯했다. 한국의 현재나 미래에 대한 내용은 거의 없었다.

월스트리트저널은 미국의 이해를 옹호하는 보수 일간지로 알려져 있으나, 기자는 사실 문재인에게 호감을 가지고 있었다. 문재인은 아버지의 후광을 입은 채 베일에 싸인 수수께끼 같은 박근혜와 달랐다. 특히 문 후보의 특전사 경험, 인간미 넘치는 성품 등을 높이 샀다. 하지만 인터뷰에 응한 새정치연합 관계자들은 미국 유력 일간지에 문 후보에 대한 우호적인 기사가 보도될 수 있는 기회를 허공에 날려버리고 말았다. 보도 자체가 아예 안 될 가능성이 컸다. 요즘 세상에 학생운동이 뉴스거리가 되겠는가?

독자들은 2012년 대선 당시 대다수 외신기자들이 문재인이 당선되길 바랐다는 사실을 알면 놀랄 것이다. 심지어 여기엔 일부 미국인 기자도 포함되어 있다. 하지만 어디까지나 문재인 개인에 대한 호감이었지 새정치연합과는 연관이 없었다. 문재인 캠프를 도왔던 친구조차 "민주당이라는 꼬리표가 없었다면 더 유리했을 것"이라고 인정했다. 가장 호감 가고 선거에서 이길 가능성이 높은 인물이라 하더라도 문재인이 새정치연합이라는 '부족'에서 이탈할 것이라고 상상하기는 어렵다.

386 아저씨에 의한, 386 아저씨를 위한

민주당 당사에 갔을 때 눈에 띄었던 것 중 하나는 특정 그룹이 구성원 대부분을 차지했다는 점이다. 왕년에 학생운동을 한 지식인이나 교수처럼 보이는 40~50대 남성이 아닌 사람을 찾기 힘들 정도였다. 다양성이 배제된 특정 그룹이 당을 주도하고, 끊임없이 학생운동 시절과 박정희를 운운하는 사람들로 뭉친 정당은 국민 전체를 대변하는 정당이라고 인식되기 어렵다.

솔직히 말해 대부분 좋은 사람들이다. 내가 겪은 바로는 새정치연합 사람들이 더 따뜻하고 일에 임하는 자세도 진지했다. 하지만 너무 과거에 사로잡혀 있고 나이나 성별, 배경 면에서 다양성이 부족해 국민을 제대로 대변할 수 있는 정당이라는 희망을 품기 어려워 보인다.

물론 다른 나라의 상황도 별반 다르지 않다. 정치는 남성 지배적이고 엘리트층에 지나치게 편중되어 있다. 새정치연합도 의원 구성이 다양했다면 훨씬 효율적인 정당이 되었을 것이다. 보통 새누리당 지지층은 연령대가 높다. 감히 예측해보건대 이들 유권자층은 엘리트 출신의 나이 많은 남성 정치인에 표를 던질 가능성이 높기 때문에 의원을 다양하게 구성해도 별 효과가 없을 것이다. 하지만 여타 정당들은 다양한 의원 구성으로 톡톡한 효과를 볼 수 있다.

새정치연합 지도부에 젊은 사람이 단 몇 명이라도 있다면, 또는 그런 사람이 당에 영향력을 미칠 수 있다면 젊은 유권자의 관심사를 이해하고 그들의 공감을 얻을 수 있는 정책이나 테마를 도출해낼 수 있을 것이다. 물론 이런 방식은 전통적인 한국 조직에 존재하는 연공서열 관행에 반한다는 것을 잘 알고 있다. 하지만 인생에서 뭔가를 성취하려면 불편해도 감행해야 할 것들이 있기 마련이다.

상대적으로 여성 비중이 낮은 것 역시 눈에 띄었다. 박원순이 재임에 성공한 2014년 서울시장 선거 날에는 당사에 여성들이 많이 보였는데, 새정치연합 사람들이 아니라 시청 직원이나 박 시장과 시민단체 활동을 같이 했던 동료들인 것 같았다. 2012년 대선을 앞둔 민주당 당사에서는 여성이 거의 보이지 않았다. 선거 캠프 관계자에 따르면 여성 비율이 10퍼센트에도 미치지 않고, 그마저 선거를 돕고 있는 20대 인턴이 대부분이며 지도부에는 여성이 정말 극소수였다.

'고객에게 가까이', 기업이 성 다양성 확대를 꾀할 때 자주 등장하는 근거다. 거의 남성으로만 이루어진 기업은 인구의 절반인 여성 고객을 제대로 이해하지 못한다. 하지만 다양한 연령의 남성과 여성으로 이루어진 기업이라면 모든 고객층을 이해할 수 있다. 이를 뒷받침하는 증거는 많다. 예를 들어 매킨지 컨설팅의 보고서 '유럽 여성 리더십에 경종을 울리다'를 보면 경영진의 여성 비율이 높은 기업은 주가 상승률이 평균 대비 높은 것으로 나타났다. 자기자본이익률, 수익성도 더 높았다. 정치권에도 똑같은 원칙이 적용되지 않을 이유가 없다.

성 다양성 관점에서 볼 때 새누리당, 새정치연합 모두 실망스럽다. 두 정당은 비례대표 공천자의 절반 이상을 여성으로 배정토록 하는 현 공식선거법의 여성할당제를 따르고 있다. 하지만 권고 규정밖에 없는 지역구 의원 공천은 상황이 다르다. 새누리당 지역구 127명 의원 가운데 4명, 새정치연합 지역구 106 의원가운데 13명만이 여성이다. 특히 새정치연합은 전략적인 면에서 실수를 저질렀다. 새정치연합은 젊은 세대의 변화하고 있는 가치를 믿고, 승리가 예상되는 지역구에 보다 많은 여성을 공천했어야 했다.

좀 다른 얘기지만 비례대표제도에는 흥미로운 점이 작용하고 있다. 새누리당, 새정치연합 모두 성 다양성 확대의 당위성은 인정하면서도 유권자들이 여성 정치인을 바란다고는 생각하지 않는 것 같다. 유권자가 직접 뽑는 지역구 의원들은 남성이 압도적 우세를 차지하는 점을 보면 알 수 있다. 127개 새누리당 지역구 가운데 4군데, 106개 새정치연합 지역구 가운데 13개 지역구만 여성 정치인이 차지하고 있다. 앞서 논의한 대로 새누리당은 그럴 만도 하다. 윤리적으로 옳은 선택이라는 말이 아니라 전략적 차원에서는 그럴 법하다는 얘기다. 새누리당 지지층은 평균적으로 연령대가 높다. 이들은 선망의 대상이 될 만한 나이 많은 엘리트 남성 정치인에게 표를 줄 가능성이 높다. 하지만 새정치연합은 다르다. 유권자의 변화하는 가치관을 신뢰하고 승리가 예측되는 지역구에 더 많은 여성을 공천할 필요가 있다.

영광은 미래에 있다

 필자는 개인적으로 새누리당을 지지하지 않으나(솔직히 말해 지지 정당이 없다), 새누리당이 한국에서 정치공학에 가장 뛰어난 정당이라는 점은 인정한다. 특히 국회의원 선거에서 이자스민을 비례후보로 공천한 것은 매우 영리한 전략이었다. 새누리당은 미래 지향적 기지를 발휘해 지지층의 저변을 확대했다.

 영국에서는 인종 다양성 문제가 낡은 느낌마저 줄 만큼 오래된 주제다. 하지만 한국은 다르다. 새누리당은 간단한 전략으로 다양성 이슈를 주도하게 되었다. 한국 거주 외국인 수가 이미 150만 명에 달하며, 그 가운데는 한국으로 시집와 귀화하고 아이를 낳고 사는 주부들이 상당수다. 더이상 사회 변방에서 일어나는 극소수 사례가 아니다. 반면 새정치연합은 한 번도 외국 출신 대한민국 시민과 미래 유권자가 될 그들의 자녀들을 잠재적 유권자로 진지하게 고민해보지 않았다. 그 결과 새누리당은 이자스민을 기용함으로써 앞으로 10년간은 외국에서 온 대한민국 시민의 표심을 얻은 셈이 되었다. 한국의 경우 우파가 인종 문제에 더 관대한 것은 흥미롭다. 인종 다양성 문제는 보통 좌파가 주도한다. 하지만 한국에서는 분단 상황, 일제 강점기 역사, 미국의 영향 등 특수한 여건 탓에 좌파와 우파의 개념이 독특하게 형성되었다.

 앞으로도 정당들, 특히 새누리당이 비례대표제도를 전략적으로 활용할 것으로 전망된다. 하지만 선거에서 질 확률이 높기 때문에 이자스민 같은 인물을 지역구 의원 후보로는 공천하지 않을 것이다. 대신 사회 특정 소수계층에 호소할 수 있도록 비례대표 한두 자리는 떼어놓을 것이다. 한 가지 추측해보건대, 새누리당이 앞으로 10년이나 15년 안에 동성애자로 커밍아웃한 인사 중 한 명을 비례대표 순위 앞자리에 공천하지 않을까 싶다. 이 글을 읽는 독자들은 허무맹랑한 발상이라고 생각할지 모르지만, 한국은 놀라울 정도로 빠르게 변화하는 나라다. 변화가 더딘 영국에서도 동성애자로 커밍아웃한 국회의원이 있을 정도다. 불과 30년 전만 해도 동성애를 법으로 금지했던 것을 떠올려보면 대격변이라 할 수 있다.

반면 (계속 존재할 수 있다면) 새정치연합은 구태에서 벗어나지 못할 것이다. 386 세대 주류 남성 의원들은 계속 1980년대에 머무르며 진부한 싸움에 매달리고, 완고하게 반항하며 자기들끼리 다투거나 새누리당의 추진안이 맘에 들지 않을 때마다 국회에서 퇴장할 것이다. 새누리당은 든든한 노인 유권자를 등에 업은 40퍼센트의 '콘크리트 지지율'을 유지하는 한편, 프로페셔널하고 합리적인 모습으로 중도 유권자들까지 흡수할 것이다. 게다가 이자스민 공천과 같은 기발한 움직임으로 추가 표까지 싹쓸이할 것이다. 이런 방식이라면 선거에서 계속 승리하고도 남을 것이다.

13   정책 실종

       "새정치연합의 대표 정책이 무엇이라고 생각하십니까?" 열 명에게 물어보았다. 보통 야권에 표를 던지는 유권자로, 서울에 거주하는 20~30대를 대상으로 삼았다. 이들은 정치에 직접적인 연관은 없으나 모두 정치에 관심이 있기 때문에 정치에 완전히 무지하다고 말할 수 없는 사람들이다.

    그럼에도 불구하고 질문에 답한 사람은 두 명뿐이었다. 게다가 두 명 모두 대북정책이라고 답했다. 물론 새정치연합의 대북정책은 새누리당의 대북정책보다 훨씬 포용적이다.

    설문자 대부분은 특정 정책보다는 새정치연합에 대한 전반적인 인상을 설명했다. 하나같이 부정적인 반응이었다. 응답자 가운데 좌파 성향이 강할수록 새정치연합을 '제2의 새누리당', 심지어 '다이어트 새누리당'이라 부르기까지 했다. 우파 성향 응답자는 새정치연합이 새누리당 왼쪽에 자리잡고 있긴 하지만 새누리당이 견제할 필요가 없을 만큼 무능력한 존재라고 답했다. 조직력이 부족하다는 지적이 공통적이었고, 오합지졸이라는 말도 몇 번 등장했다.

햇볕정책

햇볕정책은 새누리당과의 차별성이 뚜렷한 유일한 정책이라고 할 수 있다. 그 외의 정책이 모두 같다는 뜻은 아니지만 새정치연합 지지층의 눈에 새누리당과 차별화되는 정책은 햇볕정책이 유일하다.

햇볕정책 외에 다른 정책에서도 차별성을 확보한다면 문제가 없을 것이다. 하지만 햇볕정책만이 유일한 차별화 정책이다보니 쉽게 공격 대상이 된다. 새누리당과 '주류' 언론은 새정치연합을 종북으로 본다. 게다가 대북정책은 구닥다리 뉴스다. 대다수 한국 젊은이는 북한 문제에 관심이 없다. 북한 문제에 관심 있는 사람들도 북한 정부와 시스템은 싫어한다. 온당한 반응이다. 대북 문제만 빼면 스스로를 진보라고 칭하는 20~30대 젊은 층도 있었다.

필자는 노무현 대통령의 대북 문제 자문위원 중 한 명을 만난 적이 있다. 그는 탈북자나 새터민도 경제 이주민으로 봐야 한다고 주장했다. 김정일에 대해서는 직접 만나보니 위트 넘치고 호감이 갔다며 '아버지가 만든 시스템'에 갇힌 인물이라고 술회했다. 그의 말에서 김정일 위원장에 대한 진실한 애정이 느껴졌다. 그때까지만 해도 필자는 평화로운 방식으로 북한의 변화를 유도하고 화해 가능성을 높이는 것이 햇볕정책이라고 생각했다. 개인적으로 동의하는 전략이기도 하다. 하지만 그를 만난 이후 "이 사람들 진짜 북한 정부를 '좋아하는' 것인가?" 하는 궁금증이 생겼다.

필자가 탈북자들을 직접 만나보고 알아본 결과 실제로 '경제 이주민'이 많았다. 하지만 무엇 때문에 그들이 빈곤에 내몰리고 경제 이주민이 되었는지 따져봐야 한다. 경제 이주민을 대거 양산한 1990년 중반 대기근의 책임은 누구에게 있는가? 무자비한 강제수용소가 있는 나라에서 프랑스 국왕 루이 14세처럼 살았던 사람, 부패와 무능으로 북한 경제를 망친 매력남 김정일의 책임 아니었나?

좀더 광범위하게 말하자면, 대북 문제에 '진보적인' 것이 정말 진보인가? 북녘 땅에 있는 최빈곤층이나 위험에 처한 북한 주민은 걸리적거리는 존재쯤으로 여기면서, 자국민에게 잔인한 행동을 서슴지 않는 북한 지도부에는 무한한 호의를 베푸는 것이 강자에게는 약하게, 약자에게는 강하게 구는 것 아니고 무엇인가? 한국 정치를 통틀어, 북한의 현 상황에 대해 변명을 늘어놓으면서 북한에서 벌어지는 끔찍한 일은 외면하거나 그 심각성을 축소하는 진보의 태도보다 더 싫은 것은 없다. 이명박이나 박근혜가 마치 악마의 화신인 것처럼 이야기하면서 김정일이나 김정은 체제에는 관대한 태도를 보이는 것은 편협한 관점을 적나라하게 드러내는 것이다.

진정한 진보라면 다른 누구보다 북한 정부를 증오해야 마땅하다. 박정희와 전두환을 반대하던 남한 사람들이 왜 북한을 선망했는지 이해가 간다. 하지만 북한 상황도 크게 변했다. 그럼에도 불구하고 몇몇 386 세대는 과거의 관점에서 완전히 벗어나지 못하고 있다.

오늘날 북한은 힘이 곧 정의며, 최고 엘리트층이 무소불위의 권력을 휘두르고, '정부가 만든 계급'이 뿌리내린 계급 사회다. 필자는 지난해 북한을 방문해 군주제를 닮은 현 북한 체제를 눈으로 직접 확인했다. 김씨 일가에 대한 정치선전물이 여기저기 널려 있었다. 그중에 김정은 위원장에게 '감사해야' 한다고 주민을 훈계하는 내용도 있었다. 사회주의나 공산주의 같은 언급은 어디에서도 찾아볼 수 없었다. 북한은 또한 매우 불공정한 사회이기도 하다. '727' 번호(엘리트 정부관료들에게만 허용되는 차 번호로, 정전협정 체결일인 7월 27일이 북한에서는 전승기념일로 통한다)를 단 검은 벤츠가 평양 거리를 달리는 것을 어렵지 않게 볼 수 있었다. 보통 사람들은 전기도 들어오지 않고 따뜻한 물도 안 나오는 열악한 환경에서 살아야 하는 평양에서 말이다. 불평등에 불만을 품는 사람은 말할 것도 없고 그들의 가족까지 죄인으로 낙인 찍혀 가혹한 처벌을 면하지 못한다. 한마디로 북한은 21세기 봉건주의 체제 후後조선이다.

앞에서 말했듯이 나는 새정치연합의 대북포용정책에 전반적으로 동의하며 북한과 외부 세계, 특히 한국인들과의 교류를 증진할 수 있는 정책이라면 무엇이든 강력하게 지지한다(하지만 한국이 실질적으로 북한에 미칠 수 있는 영향력은 그리 크다고 생각하지 않는다). 또한 북한과의 경제 협력 강화에는 찬성하고, 경제 제제에는 반대하며(경제 제제는 어차피 별 효과 없다), 국가보안법은 철폐하거나 완화해야 한다고 생각한다. 무엇보다 자국민에게 저지르는 북한 정부의 만행을 규탄하는 데 주저해서는 안 된다. 북한 정부 입장에 서서 변명을 늘어놓는 것도 용인하면 안 된다. 이는 기본적으로 지켜져야 할 원칙들이다. 필자가 북한 지도부라면 내가 무슨 말을 하든, 무슨 행동을 하든 간에 무조건 관용을 베푸는 한국 지도자들의 관대함을 즐기면서 속으로 철저히 무시할 것이다.

새정치연합은 햇볕정책을 뒷받침하는 전략적 근거를 마련해야 한다. 또한 필요할 때 더욱 강력하게 북한 정부를 비난할 수 있어야 한다. 인권유린 문제를 직시하고 탈북자를 배려해야 한다. 그런데 새정치연합은 탈북자에게 막말을 퍼부은 임수경을 비례대표 국회의원으로 선출했다. 선거에서 계속 지고 싶고 1980년대에 머무르고 싶다면, 아주 탁월한 선택이다.

경제민주화

한국의 선거에서 대북정책은 지엽적인 문제에 불과하다. 여느 다른 나라와 마찬가지로 경제, 교육, 고용, 보건 등이 주요 정책이다. 안타깝게도 새정치연합은 꽤 오랫동안 주요 정책 중 어떤 의제도 주도하지 못하고 있다. 새누리당이 뭔가를 내놓으면 그제야 따라잡으려고 애쓰거나 여론이 들끓을 때마다 서투르게 대응하는 인상이 역력하다. 세월호 합의안을 도출했다가 다시 뒤엎은 것도 한 예다.

2012년 대선에서 주요 화두였던 '경제민주화'는 어떤가. 한국 경제에 자리잡은 심각한 구조적 문제, 재벌 기업의 터널링(tunneling. 지배주주 및 관계자가 자신의 사적 이익을 편취하기 위해 기업의 자산과 수익을 외부로 이전시키는 것), 계열사 지원 행위, 가격 담합 등 불공정하고 불법적인 행태가 끊이지 않는 것이 작금의 현실이다. '코리아 디스카운트Korea discount' 같은 문제와 그 근본 원인은 이대로 두는 한 결코 사라지지 않을 것이다. 월스트리트저널이나 『이코노미스트』 중견 기자, 경영 컨설턴트, 은행가 등 서구 우파를 비롯한 자유주의자들조차도 한국에서 선별적 복지를 시행해야 한다고 인정하고 있다. 예를 들어 워킹맘 등을 대상으로 하는 복지정책 말이다.

좀더 잘 정비된 정당이라면 위에서 열거한 의제의 중요성을 미리 간파하고 잘 설계된 정책을 기반으로 공약을 마련해 정부에 문제 제기를 했을 것이다. 아이러니하게도 경제민주화 화두를 선점한 것은 새정치연합이 아닌 새누리당이었다. 늦게나마 경제민주화 논의에 동참한 새정치연합은 문제 해결을 위한 대안은 제쳐두고 줄곧 99퍼센트 대 1퍼센트의 대결 구도에만 몰두했다. 선거를 앞두고 당시 민주당 당사에 여러 번 찾아가 "민주당 경제민주화 정책은 언제쯤 나옵니까?"라고 물었으나 늘 같은 대답이 돌아왔다. "아직요, 곧 나옵니다!"

내가 보기에 새정치연합은 그다지 진보적인 정당이 아니다. 중도좌파 내지는 진보 정당의 자리를 차지하고 있을 뿐이다. 하지만 재벌 주도의 한국 경제 구조, 개발우선주의와 명백하게 동일시되는 새누리당에 대항하는 제1야당이다. 다양한 불공정 행태와 모순 등이 2012년 대선의 주요 화두가 된 것은 새정치연합에 천재일우였다. 유리한 고지에서 싸움을 펼칠 수 있었다는 의미다. 버락 오바마의 전략가가 새정치연합 캠프에 기용됐다면 문재인은 낙승을 거두었을 것이다.

토니 블레어처럼 여론에만 휩쓸리는 우를 범하면 안 되지만, 적어도 정책을 입안할 때는 여론을 수렴하는 것이 이치다. 그런 점에서 새누리당은 지능적으로 게임에 임할 줄 아는 전략가다. 새누리당 싱크탱크라 할 수 있는 여의도연구원은 벌써 몇 년째 설문조사와 표적 집단 인터뷰 등을 통해 여론을 수렴했고, 이를 기반으로 대중이 공감할 수 있는 정책 아이디어를 마련하고 있다. 여의도연구원은 또한 30대 여성 유권자의 70~80퍼센트가 새누리당을 싫어한다는 불편한 진실이 담긴 2012년 표적 집단 인터뷰 결과도 새누리당에 통보했다. 이처럼 달갑지 않은 정보는 정당에 매우 요긴하다. 반면 새정치연합 싱크탱크는 새정치연합의 정체성을 반영하기라도 하는 듯 보다 유아독존적이다. 자기 개발의 첫걸음은 문제를 인식하는 데서부터 시작된다.

14

야합의 그늘

　　새정치연합과 통합진보당의 공통점은 무엇일까? 2012년 총선에서 당시 민주당이던 새정치연합과 통합진보당은 야권 연대를 이루었다. 새누리당에 대항하는 단일 후보를 만들기 위해 소수 의석을 점하고 있는 정당들이 범야권을 형성한 것이다.

　사실 통합진보당 자체부터 거대한 모순을 안고 시작했다. 한데 뭉칠 수 없는 이유가 명백함에도 유시민과 심상정 같은 진성 진보가 한반도 통일을 외치는 민족주의자, 북한 체제를 추종하는 세력과 한 몸이 된 것이다. 편의적으로 이질적인 사람들이 한 덩어리가 되었고, 이 집단이 다시 민주당과 합세해 범야권 단일화를 꾀했다.

　애석하기 그지없지만 야권 연대만 보더라도 새누리당의 존재감을 확인할 수 있다. 새누리당에 반대하느냐 아니냐만으로 편을 가를 수 있을 만큼 새누리당은 한국 정치의 기준점으로 작동한다. 사실 손학규 같은 사람이 이석기 같은 사람과 한배에 탔다는 사실 자체가 말이 되지 않는다. 새정치연합이 집권 여당이었던 때를 떠올려보면 새정치연합은 오히려 새누리당과 공통분모가 더 많다. 새누리당의 대척점에 있는지가 당의 정책이나 원칙보다 앞서는가? 중도 진보 정당이 진작 출범했어야 했다. 새누리당에 끌려다니지 않고 독자적으로 의제를 설정하며 보다 세련되게 프로페셔널한 태도로 좋은 정책을 도출하고 모든 선거구에 후보를 내는 정당 말이다. 일각에서는 강경 진보와 민족통일주의자들의 표 이탈로 5~10퍼센트의 야권 지지율을 잃을 수 있다고 주장할지도 모른다. 하지만 단일화를 지지하는 사람들은 야권 연대가 중도 유권자에게 미치는 영향을 매번 과소평가한다. 이정희 같은 인물이 단일 후보가 되도록 새정치연합 후보가 사퇴하면 새누리당과 새정치연합의 경계에 있는 중도 유권자는 어떤 선택을 할 것 같은가? 필자였다면 2012년 상황에서 통합진보당을 찍을 바에는 새누리당을 선택했을 것이다.

마찬가지로 새누리당과 민주당(새정치연합) 사이에서 선택을 고심하던 대다수 중도 유권자들은 '민주당이 새로운 상황에 적응하지 못하는 주사파 인물들의 당선을 돕고 있네. 이런 정당에 내 표를 던져야 하나?'라고 생각했을 것이 뻔하다.

우파에는 어떤 일이 벌어질지 상상해보자. 물론 한국 보수층에는 연장자가 많고 이들은 다른 연령층보다 투표장에 나올 가능성이 더 높지만 투표하기를 귀찮아하는 사람도 의외로 꽤 많다(실제로 2012년 총선에서 60대 이상의 31.4퍼센트가 투표하지 않았다). 투표할까 말까 고민하던 보수 유권자(보통 야구모자를 눌러쓰고 전철을 타는 노인)가 야권 단일화 소식을 접한다면 어떤 결정을 내리겠는가? 반드시 투표해야겠다고 생각을 바꿀 것이다.

2012년 5월 30일 실시한 리얼미터 설문조사에 따르면 유권자의 39.8퍼센트가 새누리당을 지지하고 30.5퍼센트가 당시 민주당을, 8.1퍼센트가 통합진보당을 지지한 것으로 나타났다. 여기서 부동층이 19.3퍼센트나 됐다는 사실은 매우 중요하다. 아직 결정을 내리지 않았기 때문에 얼마든지 설득이 가능한 유권자였다. 이들은 극우나 극좌가 아니었다(양극단의 유권자들은 진즉 마음을 정했다). 부동층 유권자들은 중도 성향이거나 무당파이거나 기존 정치에 환멸을 느끼며 그 당시 구세주와 다름없었던 안철수 같은 인물을 기다렸다. 내 생각에는 포지티브 선거를 펼치고 극단주의자 등 어떤 세력과도 야합을 꾀하지 않는 중도좌파 정당이라면 대부분의 부동층 유권자를 흡수할 수 있었으리라 본다. 뿐만 아니라 야권 연대를 이루지 않았다면 보수파 노년층이 결집하는 것을 막을 수 있었을 것이다.

민주당은 보다 대범하게 임하고 게임 이론도 활용해야 했다. 후보 단일화를 꾀하거나 막판에 후보가 사퇴하는 결정 등은 제1야당으로서의 책임을 저버리는 처사다. 야권 연대를 하지 않았더라도 통합진보당 지지자 역시 막판에는 제1야당을 뽑는 전략적 판단을 내렸을 것이다. 내키지 않았겠지만 한 표 한 표가 절박한 상황에서 통합진보당에 표를 던지면 결국 박근혜에게만 좋을 일이란 것을 충분히 인지하고 있었을 것이다.

문재인과 대선 토론

2012년 생방송 대선 TV 토론은 여러 면에서 유익했다. 필자 같은 외국인이 보아도 박근혜의 확신 없는 어조가 확연히 눈에 띄었다. 화려한 강펀치를 날린 이정희도 관전 포인트였지만 결과적으로는 역효과를 불러올 것이라고 예상했다. 중장년층이나 보수 성향의 한국인들은 이정희의 발언을 보며 박근혜에게 표를 던지기로 다짐했을 것이다.

가장 실망스러웠던 점은 이정희의 '남쪽 정부' 발언이었다. 정확히 따지자면 이정희에 대한 실망이 아니라 문재인에 대한 실망이었다. 문재인의 TV 토론 성적표는 무난했지만, 이 후보의 '남쪽 정부' 발언을 비판했다면 문재인을 종북으로 모는 우파의 공격을 피하며 매카시 효과를 무력화시킬 수 있었을 것이다. 대선을 앞둔 상황에서 우파 성향 언론과 보수 정치권은 상대 후보가 공산주의 열성분자나 종북일지도 모른다는 레드 콤플렉스를 부추긴다. 2012년 대선도 예외가 아니었다. NLL 이슈와 끊이지 않는 수상한 국정원 트윗 등이 좋은 예다. 문재인은 빨갱이가 아니란 걸 증명할 기회가 있으면 뭐든지 포착했어야 했다. 이정희를 약간만 비판했어도 대선에서 유리한 고지를 확보했을지 모른다.

야합

새정치연합(당시 민주당) 입장에서 안철수와의 합당은 영리했다. 표면상으로는 합당 결과 안 의원이 민주당의 절반을 차지한 것처럼 보였다. 하지만 안철수가 배짱 있게 합당안을 거부했다면 '새 정치의 표상' 이미지를 고수할 수 있었을 것이다. 독자적인 정당을 출범하는 것이 쉽지 않았겠지만 정의당과 달리 기본 정치이념의 뒷받침이 빈약한 민주당은 금세 미미한 정당으로 전락해 존재 이유가 없어졌을 것이다. 안철수가 합당하지 않고 계속 버텼다면 2016년쯤에는 50퍼센트가 아니라 100퍼센트의 독자적 제1야당을 형성할 수 있었을 것이다.

유권자 눈에 안철수의 가장 큰 가치는 독자성이었다. 그러나 민주당과 합당함으로써 그 독자성은 물거품처럼 사라졌다. 깨끗한 이미지의 이단아처럼 보였던 안철수는 한 방에 보통 정치인이 되고 말았다. 안철수가 무슨 생각으로 합당 제안을 받아들였는지 도통 알 수가 없다. 게다가 안철수의 미천한 정치 경력과 작은 조직을 이끌어왔던 한계 때문에 합당 이후 당내 영향력이 약화되고 있다. 전혀 놀랍지 않을 정도로 자연스러운 현상이다. 민주당 원로 의원들에게는 더할 나위 없는 신의 한 수였다.

안타깝게도 민주당 원로들에게 득이 됐다고 다른 사람들에게도 득이 되는 것은 아니다. 리얼미터 설문조사 결과, 2015년 1월 말 현재 새정치연합 지지율은 박근혜 지지율 급추락 여파로 반등했음에도 불구하고 2013년 12월 안철수 신당 지지율(안철수 신당을 가정하고 실시했던 리얼미터 설문조사 결과)보다 낮은 수준이다. 여러 악재에도 불구하고 새누리당은 아직도 지지율 1위를 고수하고 있다. 이 상태로 선거를 치른다 해도 새누리당의 승리가 점쳐진다. 보나마나 새정치연합은 박근혜나 새누리당의 문제를 지적하며 네거티브 선거에 몰두할 테고 그 결과 또 질 것이 뻔하다.

한편 2015년 1월 말 리얼미터 설문조사에 따르면 32.5퍼센트의 유권자가 선호하는 정당이 없다고 응답했다. 32.5퍼센트의 상당수가 안철수를 지지했지만 새정치연합에 합류한 안철수는 지지하지 않음을 시사한다. 흔히 재계에서 합병이 이루어지면 시너지 효과 등을 말하는데, 새정치연합 합당의 경우는 막대한 부정적 시너지를 유발했다. 안철수 신당이 기업이었다면 주주들이 들고 일어나 이사회를 싹 갈아치웠을 판이다.

이번에도 익숙한 결말이 펼쳐진다. 새누리당은 승리감에 도취돼 덩실덩실 춤을 춘다. 새누리당이 잘해서가 아니라 싸움 상대인 야당이 지리멸렬할 정도로 무능하기 때문이다. 어찌나 무능한지 필자가 음모론을 믿는 이발사 마리오 아저씨였다면 새정치연합이 새누리당의 X맨이라고 해도 믿을 정도다. 어찌 됐든 한국에서 언론의 자유와 표현의 자유는 후퇴하고 있다. 보다 넓은 맥락에서 보면, 민주주의 자체가 위협받고 있는 실정이다. 한국이 10년 후에도 반 민주주의나 '권위주의와 혼합한 민주주의'가 아닌 성숙한 민주주의 국가로 남기 위해서는 지금 당장 효율적인 야권이 필요하다.

그렇다면 어떻게 야권다운 야권을 형성할 것인가? 효율적인 야권은 어떤 모습이어야 할까?

PART 4

DEMOCRACY
DELAYED

Democracy
민주주의, 끝나지 않은 여정
Delayed

15

모두의
정치

이제는 새누리당이 아닌 다른 당이 국회의원 선거나 대선에서 승리하는 모습을 상상하기 힘들다. 한국 민주주의의 경쟁력을 유지하고 정치권의 균형을 잡기 위해서라도 반드시 새로운 정치세력이 등장해야 한다. 그리고 이들은 우선 새정치연합이 지금 차지하고 있는 자리에 도전해야 한다.

이는 정부와 야권 모두의 이익에 반하므로 물론 쉽지 않을 것이다. 필자가 보기에는 기성 정당에서 갈라져나온 분파가 아니라 완전히 새로운 풀뿌리 운동으로 시작해야 성공할 수 있다. 게다가 한국에서는 정당들이 이합집산을 거듭하며 개혁을 약속하고 시도 때도 없이 당명을 바꾼다. 그 자체만으로도 정치 불신은 깊어진다.

한국의 베페 그릴로를 찾습니다

현재 이탈리아 최대 정당 중 하나는 베페 그릴로Beppe Grillo라는 전직 코미디언이 창당한 5성星운동Movimento 5 Stelle, M5S이다. 그릴로는 베를루스코니를 비판하는 정치 블로그를 운영했다. 당시 총리였던 베를루스코니는 직간접적으로 거의 모든 이탈리아 언론을 장악하고 있어 베를루스코니에 대한 풍자는 극히 보기 드문 일이었다. 2007년 자신의 정치 블로그가 전 세계에서 일곱번째로 인기 있는 블로그로 등극하자 그릴로는 설교를 넘어 각 지역을 기반으로 결집하라고 사람들을 독려했다.

웹 기반 오프라인 미팅 플랫폼인 미트업Meetups을 통해, 그릴로는 블로그 독자들에게 "각 지역 공동체에서 함께 모여 보다 나은 세상을 위한 아이디어나 제안을 나누며 즐기자"고 촉구했다. 그 결과 2년 만에 전국 각지에 650여 개의 풀뿌리 모임이 조직되는 돌풍을 일으켰다. 전국적 조직이라고 할 만큼 규모가 커진 것이다. 그들은 기존 엘리트가 권력을 독점하는 구조의 대의민주주의에 반기를 들고 좌우가 혼합된 정치적 이념의 연합체로서 유럽통합회의론, 환경보호, 직접민주주의를 표방했다. 창당 주체들은 '운동'이라는 말을 선호하지만 종국에는 실질 정당이 탄생하고 온라인 투표로 선출된 후보가 선거에 출마까지 하는 파란을 일으켰다. 정책도 회원들이 직접 도출한다. 5성운동 회원들은 웹 기반 앱에 접속해 정책 논의를 거친 후 표결에 부친다. 반反이민법 반대 결정도 같은 과정을 거쳤다.

5성운동 돌풍의 80퍼센트는 베페 그릴로의 인기와, 인터넷이라는 미디어를 노련하게 활용해 아이디어를 전파하고 사람들을 결집한 수완 덕분이었다. 하지만 기성 정치에 환멸을 느끼는 수많은 이탈리아인이 없었다면 그 무엇도 가능하지 않았을 것이다. 베를루스코니 총리는 대외적으로 성 추문으로 악명이 높지만, 사실은 이탈리아 정치에 훨씬 고약한 영향을 미쳤다. 베를루스코니는 심각한 부패를 일삼고 언론을 장악하면서 민주주의를 크게 훼손했고, 그 결과 5성운동이라는 대안 세력이 탄생하는 토양을 마련해주었다. 결국 5성운동은 새 정치 바람을 일으키며 주류 정당으로 자리잡았다. 반면, 베를루스코니를 반대하던 좌파 성향의 야권은 유권자의 마음도 얻지 못하고 관심도 끌지 못한 무능한 존재로 비쳤다.

이탈리아에서 벌어진 일을 보면 한국의 상황과 분명 닮은 점이 있다. 한국판 베페 그릴로가 등장해 상향식으로 이슈를 논의하고, 아이디어를 모으고 나아가 정책까지 도출하는 풀뿌리 운동을 촉구하면 새 바람은 바이러스처럼 급속히 퍼져 기성 정치권을 뒤흔들어놓을 수 있을 것이다. 이미 한국 유권자의 3분의 1은 지지 정당이 없을 만큼 기성 정치에 환멸을 느끼고 있으며, 나머지 유권자에게도 투표하러 갈 의욕이 생길 만한 일이 없다.

이미 안철수와 나꼼수가 비非정치권에서 등장해 유례를 찾아볼 수 없는 빠른 속도로 정치적 영향력을 미쳤고, 특유의 신선함과 기존 질서와 대별되는 차별성으로 수백만의 마음을 사로잡았다. 따라서 한국에서도 변방에서 새로운 세력이 등장할 가능성이 다분하다.

하지만 안철수나 나꼼수의 '다름'도 결국 충분치 않았다. 그들도 추종자들에게 아이디어를 전파하는 하향식의 일방향 커뮤니케이션에서 벗어나지 못했기 때문이다. 한국의 토크콘서트 열풍에서 드러나듯 안철수나 나꼼수도 '우러러보는' 기존의 정치문화를 반영했다고 본다. 안철수나 나꼼수 둘 중 한쪽이라도 일반인이 모여 토론회를 열고 아이디어를 도출하는 플랫폼이 등장하는 데 불쏘시개 역할을 했다면, 그리고 이 새로운 움직임이 국가적 운동으로까지 발전할 수 있었다면 한국적 맥락에 맞는 진정한 혁명이 일어났을 것이다.

이탈리아에서처럼 한국에서도 한 명이든 여러 명이든 유명 인물이 계기를 마련할 수 있을 것이다. 아이러니하게도 톱다운식 문화를 전복하기 위해 처음에는 약간의 톱다운 방식이 필요하다고 본다. 베페 그릴로처럼 유명하고 존경받는 인물이 등장해 함께 토론하고 질문을 던지고 아이디어를 낼 수 있도록 사람들을 독려해야 한다. 스스로 권력욕이 있는 인물보다는 다른 사람들에게 영향력을 미치고, 그들이 생각하도록 유도하는 데 열의가 있는 사람이 적합하다.

2011년과 2012년의 안철수만큼 유명하고 존경받는 인물이 연단에 올라 "대선에 출마하겠습니다"라는 말 대신 "각 지역 공동체에서 함께 모여 보다 나은 세상을 위한 아이디어나 제안을 나누며 즐기자"고 했다면 실로 놀라운 현상이 일어났을 것이다. 적어도 각 공동체에서 긍정적인 변화가 일어나 유권자 스스로 정책 문제에 대해 생각하는 계기가 마련됐을 것이고, 연령대나 배경이 서로 다른 사람들이 한데 모여 협력했을 것이다. 어쩌면 한국 정치를 송두리째 바꿔놓을 수 있는 운동이 태동했을지도 모른다.

토론하라

필자도 풀뿌리 운동이 어떻게 조직되어야 할지 상세한 청사진은 가지고 있지 않다. 풀뿌리 운동은 무엇보다 회원들이 직접 결정하는 유기적 절차가 핵심이다. 만약 필자가 풀뿌리 운동을 펼친다면 먼저 동네 토론회부터 시작할 것이다. 평일 퇴근 후나 한가한 토요일 오후가 적당할 것이다. 영국 의회 토론 방식처럼 연사가 토론 진행을 맡아 모든 사람이 발언할 수 있도록 기회를 주고, 토론 끝에는 참석자들의 표결을 통해 합의된 의견을 정리하고 제시한다.

모든 사람에게 발언 기회가 돌아가려면 발언 시간에 제한을 두어야 한다. 이 원칙은 당 지도부나 특별 초대손님에게도 똑같이 적용한다. 이를 통해 토론회가 또다른 토크콘서트로 변질되는 것을 방지할 수 있다. 토론할 때 상대방을 모욕하고 폭언하거나 고함을 지르는 행위는 금지해야 한다. 또한 아이디어를 나누고 토론하는 것이 목적이지 서열을 정하고 자신을 과시하는 자리가 아니기 때문에 특정 참가자의 나이, 직책, 대학, 출신 배경 등을 언급하는 것도 금지해야 할 것이다. 그 외에는, 참가자들이 원하는 주제에 대해 자유롭게 논의할 수 있도록 해야 한다.

토론 그룹이 나서서 지역 사회에 기여하는 것도 강력히 권장할 만하다. 회비의 몇 퍼센트를 자선단체에 기부할지, 또는 어떤 봉사 활동에 참여할지 등을 표결에 부칠 수도 있다. 서로를 이해하지 못해 깊어진 세대 갈등도 한국 사회의 큰 문제임을 생각해보면, 젊은 회원이 노인을 돕는 활동을 하거나 그 반대의 경우도 가능하다.

한국의 앞선 기술력을 고려해볼 때, 기존 수기 방식을 앱으로 대체해 전자 비밀투표 방식을 사용하는 것도 좋은 방법일 것이다. 사실 모든 회원이 모든 미팅에 직접 참여할 필요는 없다. 온라인 미팅을 통해 라이브 포럼으로 토론을 진행하고 막판 표결에도 참여할 수 있다. 5성 운동의 경우에는 내부 표결 절차에 대한 외부 검증이 없었다. 이 때문에 그릴로와 측근이 지지 기반을 조작했다는 의구심이 뒤따랐다. 따라서 표결에 대한 외부 심사를 풀뿌리 조직의 강령으로 채택할 것을 제안하고 싶다.

각 지역에 기반을 둔 조직은 1인 1표 원칙에 의거해 리더를 뽑도록 한다. 뜨내기가 출마하는 것을 막기 위해 일정 정도의 지방 자치 단체 관련 활동을 했거나 토론 모임 출석률이 높은 사람 등으로 당 지도부 출마 최소 자격 요건을 정할 수도 있을 것이다. 사람들 앞에서 직접 연설하거나, 연설문이나 정책 등을 온라인에 올리는 방식으로 유세를 진행할 수 있다. 이런 방식으로 내부 유세가 진행되면 선거 비용이 많이 든다는 주장도 정당화될 수 없을 것이다. 또한 선거 홍보 자료에 학력 등의 정보를 언급하는 것을 금지해 아이디어, 정책, 후보의 자질 등에 초점을 맞출 수 있게 한다. 기본적으로 누구든 후보로 나설 수 있고, 오로지 회원들의 표결만으로 결정한다.

풀뿌리 정당

충분히 많은 그룹이 형성되면 회원들의 표결에 따라 전국을 대표하는 지도부와 대표 정책을 수립할 수 있을 것이다. 물론 풀뿌리 정당이 처음부터 선거에서 이기기를 기대하기는 어려울 수 있다. 지금까지 가장 성공한 풀뿌리 운동이라고 할 수 있는 5성운동은 처음으로 출마한 선거에서 25퍼센트의 득표율을 기록하며 제2당으로 등극하는 기염을 토했다. 인터넷 자유 등을 표방하며 일명 '해적 정당'으로 등극한 유럽의 여타 풀뿌리 정당은 5성운동에 버금가는 새 정치 바람을 일으키지는 못했다. 사실상 대다수 사람들이 너무 보수적이라서(정치적 관점의 보수가 아니라) 풀뿌리 신당이 선거에서 이길 것이라고는 상상하기 어렵다.

5성운동에 버금가는 인기를 누리는 한국 풀뿌리 정당을 상상해본다. 먼저 야권에 정면으로 도전할 수 있는 운동으로 시작해, 풀뿌리 운동의 가치를 수용하는 야권 인사들을 받아들이며, 기존 야권 세력을 점진적으로 흡수해야 할 것이다. 현재 더없이 취약한 상태임에도 새정치연합이 2등을 차지하고 있는 것은 순전히 다른 대안이 없기 때문이다. 사실 많은 사람이 대안을 기다리고 있다. 풀뿌리 정당으로 시작해 점진적으로 야권 세력을 흡수한 뒤에는 '정상' 정당의 진용을 갖춰야 한다. 하지만 회원 투표로 주요 결정을 내리고, 인터넷의 파워를 적극 활용해 회원의 목소리를 반영함으로써 일반 회원들이 정당 핵심으로부터 소외당하지 않도록 하는 본질은 이어가야 한다.

독재 시절에 뿌리내린 지역 구도에서 아직도 벗어나지 못하고 있는 새누리당이나 새정치연합과 달리 온라인 기반의 풀뿌리 정당은 지역 구도에서 자유로울 수 있다. 풀뿌리 정당의 목표는 어디까지나 오늘을 사는 대다수 한국인들이 공감하는 정책을 도출하는 것이다. 이를 위해서는 더없이 엄격하고 원천적으로 폐기 불가능한 반부패 규칙을 당규에 명시해야 한다. 근본적으로 '한번 걸리면, 영원히 퇴출'하도록 해야 한다. 이 원칙이 제대로 작동한다면 민주주의의 뜻이 구현되고 그에 걸맞은 절차가 정착되며 정당을 투명하게 운영할 수 있을 것이다. 집권 여당은 눈앞에 벌어진 사태에 당혹스러워할 테고 어쩔 수 없이 기득권 세력에 덜 휘둘릴 것이다. 또 누가 아는가? 풀뿌리 정당이 기성 야권을 대체해 정부에 제대로 대항할 만큼 성장할지. 과거 한국 정치사에는 이보다 황당한 일도 얼마든지 있었다.

크라우드소싱의 힘

지역적, 전국적 기반의 '캠페인 트랙Campaign Track'도 그려본다. 모두가 정치인이 되고 싶어하는 것은 아니다. 하지만 정치에 관심이 있고 인터넷만 연결되어 있다면 누구나 힘을 보탤 수 있는 것이 크라우드소싱(crowdsourcing. '대중crowd'과 '외부 지원 활용outsourcing'의 합성어로, 전문가 대신 비전문가인 고객과 대중에게 문제의 해결책을 아웃소싱하는 것)의 위력이다. 이념에 몰두할 것이 아니라, 회원들이 궁극적으로 어디에 힘을 쏟을지에 초점을 맞추는 캠페인이 되어야 한다. 풀뿌리 운동의 최종 목표는 한국의 민주주의를 수호하고 책임 있는 정치를 구현하는 것이므로 정부의 부패를 막고 개방성을 높이는 데 중점을 두는 게 맞을 것 같다.

그 점을 염두에 두며 몇 가지 아이디어를 제시하고자 한다. 앞서 필자가 언급한 제안을 다시 살려, '지역구 국회의원 만나기 운동'은 어떤가? 풀뿌리 운동 회원들은 온라인 캠페인을 벌여 국회의원들을 설득해 각자의 지역구 유권자들과 일대일 면담에 나서도록 압박할 수 있다. 크라우드소싱을 통해 가장 협조적인 국회의원과 가장 비협조적인 국회의원 리스트도 추려낼 수 있다. 유권자들과 규칙적으로 만나는 국회의원은 칭찬하고, 면담을 거부한 국회의원에게는 '가장 게으른 정치인' 상을 수여한다. 이런 움직임에는 유머 감각이 중요하다. 그렇지 않으면 정치 '빠'들만 호응하는 변방의 지루한 활동에 그칠 수 있다.

프로젝트의 범위를 점차 확대해 의결 이력 등 의정활동, 부패 관련 범죄 이력 또는 바람직한 지자체 활동이나 자선활동 등 국회의원에 관한 데이터베이스를 구축하는 것은 어떨까? '말, 말, 말' 섹션을 마련해 국회의원이 흥미로운 발언을 할 때마다 내용을 추가하는 것도 좋은 방법일 수 있다. 국회의원의 발언은 데이터베이스에 쌓여 1년 후든 10년 후든 언제든 열람할 수 있게 한다. 유권자가 국회의원에 대한 판단을 내릴 때 유용한 정보로 활용될 수 있다. 물론 국회의원들에게는 각자의 데이터베이스에 쌓이는 정보에 이의를 제기할 수 있게 하고, 독립적인 위원회가 관련 분쟁 해소 역할을 맡으면 된다.

특별히 기술력이 뛰어난 것으로 알려지지 않은 케냐에서도 '예산 트래킹 툴'이라는 서비스를 통해 일반인이 정부의 개발 기금 집행 내역을 확인할 수 있다(현재는 오프라인에서 열람이 가능한 것으로 보인다). 두 명의 연구원이 처음 시작했으나 전국적으로 확대되어 각 지역의 예산 집행 내역을 모니터링할 수 있게 되었고, 실제로 몇 건의 부패, 자원 낭비 사례가 적발되기도 했다. 4대강 사업이 한창 추진될 당시, 한국에도 유사한 서비스가 있었다면 어마어마한 예산을 절감할 수 있었을 터이다. 이제라도 그와 같은 제도를 도입하는 건 어떨까?

팩트체크도 가능하다. 미국에는 국회의원의 발언 내용이 사실인지 여부를 확인할 수 있는 '팩트체크factcheck.org'라는 웹사이트가 있다. 언론이 종종 그러듯 정치인들도 자신들의 목적에 맞게 통계를 짜맞추곤 한다. 때로는 잘못 기억한 내용을 말하기도 한다. 다음번에 어떤 정치인이 85퍼센트의 유권자가 특정 이슈에 동의했다고 언급하면, 어떤 설문조사를 인용했는지 다 함께 찾아보자. 물론 누구를 비난할 목적이 아니라 정확한 사실을 기반으로 의견을 개진한 정치인을 칭찬하기 위해서 말이다.

16

제조업은
한국의 미래다

       풀뿌리 정당이든 어떤 세력이든 집권 여당에 제대로 대항해 한국 정치의 경쟁력을 회복하려면 새정치연합보다 훨씬 뚜렷한 기본 철학이 있어야 한다. 이제는 단순히 새누리당을 공격하거나 (새누리당과 별로 다를 바 없으면서) 새누리당보다 도덕적으로 우월한 척하는 태도로 선거에서 이길 수 없는 시대다.

  앞에서 말한 것처럼 새누리당은 기존 체제의 연속성을 대변하는 정당이므로, 현 상황에서는 지지 세력을 유지하기 위해 많은 것을 할 필요가 없다. 따라서 아이디어를 주도하는 것은 야권의 몫이다. 한국에는 개혁적 관점으로 접근해야 할 문제들이 상당히 많다고 생각한다. 향후 10년에서 20년 후 가장 중대한 문제로 떠오를 법한 사안에 대해 먼저 논의할까 한다. 이 문제를 해결하기 위해서는 범국가적 대동단결이 필요한데, 미국이나 영국 같은 나라에서는 사실상 불가능하다.

왜 한국의 불평등 문제는 날이 갈수록 심해질까? 왜 한국은 비정규직 공화국이 되었을까? 왜 가계 부채는 늘고 있을까? 복지는 왜 확대되어야 할까? 어느 정도는 소위 IMF 사태의 여파라고 주장할 수도 있다. 물론 IMF 사태가 전환점이 된 것은 사실이나, 불평등이 지속되고 상황이 이 지경으로 악화된 것까지 다 설명하지는 못한다. 좌파는 대기업의 끝없는 탐욕이 원인이라고 지적할 테고, 우파는 현대자동차의 '귀족' 노동자 등을 예로 들며 상대적으로 좋은 여건에서 일하는 노동자가 열악한 노동 여건에 처한 동료 노동자에게 폐를 끼치는 '이분화'된 노동 시스템을 문제로 지적할 것이다.

하지만 이는 부차적인 문제들이다. 더 넓은 관점에서 보면, 한국 노동계에 닥친 재난은 한국이 중국 등 다른 나라와 비교했을 때 경쟁력을 잃었기 때문에 나타난 결과다. 한국은 저임금 생산지로 세계화 물결에 합세했지만 이제는 상황이 역전되었다. 한국 기업이 한국보다 임금이 낮은 나라로 생산지를 이전하는 것을 두고 기업 이기주의라고 욕할 수도 있지만, 기업 측에서는 생존전략이라고 항변할 수 있다. 어느 쪽이 사실이든, 연관 산업 일자리의 기반이기도 한 한국 제조업 생산기지가 약화되고, 제조업 일자리의 양적·질적 수준이 떨어지고 있는 것이 현실이다. 이는 앞으로 일어날 사태의 전조로서, 결국에는 대량 실업과 심각한 사회 분열로 이어져 울산이나 창원 같은 대표적인 공업도시는 심각한 퇴조를 피하기 어려울 것이다.

대다수의 고급 제조업 일자리를 잃어버린, 아니 사실상 포기한 나라에서 나고 자란 필자는 산업 공동화의 여파가 얼마나 파괴적인지 잘 알고 있다. 영국이 현재 겪고 있는 소득과 기회의 불균형, 빈곤, 복지 의존 등의 문제는 그 뿌리를 거슬러 올라가보면 지방에 있던 질 좋은 제조업 일자리가 사라지고 임시직과 단순 서비스직이 그 자리를 메운 결과다. 현재 이상적 모델로 받아들여지고 있는 영미식 모델을 폐기하고 스위스나 독일 같은 나라를 본받아 고급 제조업과 서비스 산업의 동반 발전을 추구하지 않으면 한국의 상황도 크게 다르지 않을 것이다.

영국 제조업의 비극

한국에서 1인당 최고 GDP를 기록하고 있는 부자 공업도시 울산을 왜 걱정하는지 의아해할지도 모른다. 현재 아동 빈곤율이 60퍼센트에 육박하는 미국 디트로이트도 1960년대에는 제조업 덕분에 당시 미국에서 가장 높은 1인당 소득을 자랑했다는 사실을 혹시 아는가? 영국의 항구 도시 뉴캐슬과 글래스고도 전 세계가 부러워하는 선박을 건조하면서 한때 부자 도시로 등극했다. 하지만 이들 도시는 시간이 지나면서 일본과 한국에 자리를 내줬다. 울산이 부상하면서 디트로이트와 글래스고는 저물었다. 한국인들에게는 여기까지가 이야기의 끝이다. 하지만 산업기지를 신흥 국가에 내준 영국과 미국에는 대규모 실업, 범죄, 사회 분열, 잠재력 있는 인재의 낭비 등 암울한 이야기가 이어진다.
영국에 돌아갈 때마다 필자는 다른 두 나라가 하나로 섞여 있는 듯한 모습에 매번 놀란다. 이제 영국은 가난한 나라가 하나 덧붙은 싱가포르 같다. 물론 좀 과장된 표현이다. 하지만 영국이 제조업을 버리고 서비스 산업에 주력하기로 선택한 순간(그렇다, '선택이었다') 근본적으로 런던과 나머지 지역의 균형이 완전히 깨지기 시작했다. 런던은 이제 명실공히 세계 제2대 도시로 등극했고 영국의 다른 도시에 의존할 필요가 전혀 없는 독자적인 부자 도시가 되었다. 한편 글래스고 같은 곳에서는 일자리를 구할 수는 있지만 경력 면에서 도움이 된다거나, 가족을 부양할 정도로 충분한 임금을 준다거나, 지긍심을 느끼게 해줄 만한 일자리는 구하기 어렵다. 모르긴 해도 몇 안 되는 기본 권리만 보장해주고 쥐꼬리만 한 시급을 주는 일들일 것이다.

영국은 현재 로펌, 경영 컨설팅, 은행 등 고부가가치 서비스 산업을 주도하고 있다. 모두 뛰어난 학력을 요하는 분야이며, 자본집약적 도시 중심 산업이다. 이 때문에 (런던 근교 동남쪽을 제외한) 지방이 창출하는 1인당 순부가가치는 전체 평균을 밑도는데 런던은 171퍼센트를 나타내는 심각한 지역 불균형이 발생했다. 반면 제조업의 경우, 경제 기회가 넓은 지역에 배분될 수 있으며 학력이 높지 않은 사람도 양질의 일자리를 구할 수 있다. 무너지는 제조업을 방치하자는 기조가 팽배했던 대처 시절의 영국 정책 입안가들이 놓친 대목이다. 신문을 장식하는 영국의 GDP 수치만 보고 대처주의가 영국 경제를 살려냈다고 주장하는 사람들도 있을 수 있다. 하지만 대처주의의 영향으로 부자와 빈곤층의 사회·경제적 간극, 엘리트 계층과 보통 사람의 격차가 벌어졌으며 런던과 나머지 지역의 불균형적인 성장이 나타났다고도 할 수 있다. 현재 영국 최고 부자 지역인 런던 시내와 최빈 지역인 서부 웨일스 간의 격차는 EU에서도 가장 심각한 수준이다. 심지어 과거 동독의 최빈 지역과 서독의 최고 부자 지역의 격차보다도 더 심하다.

영국 내 지역 간 격차는 필자의 고향에서도 실감할 수 있다. 나는 맨체스터 근처의 스테일리브리지에서 자랐다. 산업 혁명 시기에 우리 고향은 제분 산업이 번창하는 풍요로운 소도시였다(엥겔스가 방문해 자본주의의 패악을 목도하고 "혐오스럽기 그지없다"고 개탄하기도 했다). 1970년대까지만 해도 성실한 사람은 졸업장 없이도 공장에 취직해 미래를 꿈꿀 수 있었다. 우리 아버지도 그런 사람 중 하나였다. 공부에 소질이 없었던 아버지는 공장에 취직했고 빠른 승진을 거듭해 관리자가 되었다. 관리자로 받는 월급은 가족을 부양하고 안락한 생활을 할 수 있을 만큼 충분했다. (최근에 친구 아버지가 나에게 말씀하시길 1980년에 트럭 운전하면서 한 해 동안 9000파운드, 한화로 약 1500만 원을 벌었다고 한다. 그해 집을 장만하고 그 집에서 삼남매 모두를 키웠다고 한다. 집 한 채에 9000파운드 하던 시절이 있었다니!) 40대 중반에 정리해고당하기 전까지는 말이다. 그러나 짧은 학력으로 그만큼 성공하는 사례는 이제 찾아보기 어렵다.

제조업 일자리는 이제 필자의 고향이 아니라 중국에서 넘친다. 영국 정치인들은 경제 발전의 다음 단계인 '서비스 경제'로의 전환을 외쳤다. 하지만 그렇다고 모두가 은행가가 되고 경영 컨설턴트가 될 수는 없는 노릇이다. 서비스 산업은 이분화되어 있다. 높은 임금을 받는 고숙련 서비스직이 있는가 하면 최저 임금을 받는 계약직도 있다. 우리 고향에 많은 서비스직은 물론 후자다. 게다가 제조업이 퇴조함에 따라 제조업을 기반으로 형성된 물류 산업 등도 함께 힘들어졌다.

대학생 때 필자도 단순 서비스직을 경험해보았다. 여름방학 때, 과거에는 정부 소유였지만 민영화된 에너지 기업 센트리카Centrica의 콜센터에서 아르바이트를 했다. 납부 기한까지 공과금을 안 낸 사람들에게 납부 안내를 하는 일이었다. 전화를 하면 "미안합니다. 지금은 돈이 없습니다. 곧 납부할게요"라고 말하는 고객도 있지만 꺼지라고 소리치는 사람도 있었다. 하루에 몇 번씩 꺼지라는 말을 들으면 당연히 기분이 우울해진다. 그나마 필자는 두 달만 일하는 단기 아르바이트여서 터널의 끝이 보였지만 매일 일해야 하는 사람들의 심정은 어떨지 상상하기도 힘들었다. 그들에게 주어진 선택은 딱 두 가지뿐이었다. 일자리를 잃거나, 꺼지라고 소리치는 고객의 폭언을 몇 년 동안 감내하거나.

그때 내가 받은 임금은 시간당 6파운드로, 한국 돈으로 만 원쯤 된다. 한국 기준으로 보면 괜찮은 시급이라고 생각할지 모르지만 영국에서 가족을 부양하기에는 턱없이 부족하다. 당시 시급 6파운드는 최저임금보다 약간 높았을 뿐인데도 대부분의 콜센터 직원들은 그마저 감사하게 받아들였다. 정부 지원금에 의존하는 상당수의 고향 사람들과 비교해보면 콜센터 직원들은 행운아일지도 모른다.

영국 우파는 영국이 런던의 고소득자들처럼 열심히 일하는 사람들의 세금을 빨아먹는 거머리 같은 무기력한 저능아들로 가득 찬 '복지과잉' 국가가 됐다고 개탄한다. 이에 대해 좌파는 빈곤층이 찾을 수 있는 일자리 기회 자체가 적어진 만큼 실업수당을 신청하는 사람이 늘어나는 것은 당연하다고 맞대응할 것이다. 실업수당을 '받고 싶은 것'이 아니라 다른 방도가 없다는 주장이다. 양쪽의 주장 모두 이해가 간다. 하지만 양측 주장 모두 대처가 만든 시스템의 소산이다. 대처 이후 가진 자들이 늘었고, 이 가진 자들은 정부에 소득의 40~50퍼센트에 육박하는 세금을 내는 것이 불만이었다. 또한 대처의 정책으로 가지지 못한 사람들도 늘었다. 스스로 쓸모없는 존재라고 느끼고 정부 지원금을 받으며 살아가는 것이 삶의 방식으로 굳어버린 사람들이다. 전체적인 성장은 이어졌으니 "대처가 영국을 살렸다"는 내러티브가 가능했다. 하지만 동시에 영국 사회는 분열되기 시작했다.

데이비드 캐머런 현 영국 총리는 실업수당을 신청하려면 무보수로 일할 것을 강제하는 등 복지제도에 제동을 걸고 나섰다. 영국과 같은 나라가 빈곤층에 대해 보다 너그러울 것이라는 환상을 가지고 있다면 기억해두기 바란다. 2014년 하반기 가디언에는 회사에서 해고당했는데 실업수당을 신청하기 위해 옛 직장으로 돌아가 '무보수로' 일해야 하는 스코틀랜드 남자의 사연을 담은 기사가 실렸다. 물론 진보 성향 일간지 가디언에나 실릴 내용이긴 하다. 어쨌거나 그 남자가 무보수로 일하고 받은 실업수당은 해고 전 수입보다 적었다.

스위스처럼 독일처럼

물론 한국에는 영국과 같은 수준의 실업수당이 존재하지 않는다. 하지만 영국이 그랬던 것처럼 10년, 20년이 흐르면 많은 인원이 한꺼번에 제조업에서 밀려날 것이다. 실제로 지난 몇 년간 한국의 대형 선박 건조 회사들은 중국 등 여타 국가에 시장점유율을 빼앗기고 있다. 또한 변화하는 시장 여건에 적응하기 위해 국내 인력을 줄이는 대신 베

트남이나 필리핀 등지에서 사람을 뽑고 있다. 이러한 추세는 한중 FTA 타결, 중국의 기술력 증강으로 더 가속화될 것이다. 한미 FTA를 반대하던 그 많던 소위 '진보주의자'들이 다른 FTA에 대해서는 조용한 것을 보면 정말 놀랍다. 미국과 연관된 것은 나쁘고 (일본을 제외하고는) 다른 나라가 엮이면 신경 쓸 것 없다는 것이 한국 진보의 사고방식이다.

글래스고(디트로이트, 뉴캐슬 등)에서처럼 울산, 창원 등 한국 공업도시에서도 일자리를 잃은 사람들은 새로 일자리다운 일자리를 찾기 힘들어질 테고, 이는 알코올 중독, 빈곤, 가정 폭력, 이혼 등 사회 문제로 이어질 수 있다. 한편 실업 가정의 아이들은 스스로를 혐오하면서 분노에 가득 찬 세대로 성장할지도 모른다. 이들은 그들이 가진 잠재력을 충분히 발휘하지도 못한 채 서울 경제에 의존할 테고, 잘사는 서울 사람들은 게으른 낙오자들 때문에 피해를 본다고 분개할 것이다. 이미 극심한 사회 분열을 겪고 있는 한국은 더욱 심각한 상황을 맞이할 것이다.

필자의 예측이 빗나가길 바란다. 하지만 만에 하나 들어맞는다면, 어떤 조치가 필요할까? 내가 기자로 일하던 시절, 『이코노미스트』가 한국의 미래를 논하는 연례 회의를 주최한 적이 있다. 정부관료, 은행 고위 임원, 매킨지 컨설팅 파트너 등이 참석한 회의였다. 이들은 한국이 처한 문제에 대해 전형적인 영미식 처방을 내놓았다. '서비스 산업에 주력해야 한다'는 메시지가 주였다. 노동시장 유연화 등도 물론 포함되었다.

나는 회의에 참석한 대다수 영국인과 달리 런던이나 런던 근교가 아닌 영국 북부 출신으로서, 참석자들이 '한국의 서비스 경제로의 전환'

을 촉구할 때마다 쓴웃음이 났다. 관점의 차이다. 런던 출신들에게는 서비스 경제로 전환한 영국의 변화가 눈부신 성공으로 여겨질 것이다. 다만 사회복지제도를 '남용'하는 게으른 낙오자들이 발목을 잡고 있을 뿐이다. 반면 맨체스터 출신들에게는 서비스 경제가 하루 종일 일면식도 없는 사람에게 꺼지라는 폭언을 들어야 하고, 그 대가로 쥐꼬리만 한 급여를 받는 것을 뜻한다.

물론 한국이 서비스 산업을 개선하고 확대할 필요가 없다는 말이 아니다. 서비스 부문은 수백만 개의 일자리를 창출하는 등 고용 효과가 크다. 하지만 연장자들은 보통 조기 퇴직 제도로 '멀쩡한' 일자리에서 밀려난다. 게다가 애처로울 정도로 비생산적이다. 서비스업은 부가가치 창출이 제조업의 56퍼센트 수준이다. 서비스 산업의 필요성에 대한 인식 부족도 문제다. 한국에서 서비스란, 보험과 같이 반드시 필요한 것이 아니고서는 돈을 지불할 가치가 없는, 실물에 덤으로 딸려오는 것쯤으로 인식되는 경향이 있다. 지인 중 한국에 진출하려는 북유럽 기업, 그리고 북유럽에 진출하려는 한국 기업을 대상으로 안양에 작은 컨설팅 회사를 차린 북유럽 출신 친구가 있다. 하지만 친구는 "한국 기업 유치는 포기했어. 좀처럼 컨설팅에 돈을 쓰려고 하지 않아. 그래서 한국에 진출하려는 북유럽 기업에만 주력하려고 해"라고 말한다. 친구에 따르면 한국 기업은 돈을 주고 체계적인 컨설팅을 받기보다는 지인 등으로부터 공짜 '조언'을 받으려고 한단다. 전문 컨설팅을 받으면 기업이 성장하는 데 도움이 되는데도 말이다. 물론 필자 친구의 컨설팅 회사가 성장하는 데도 도움이 된다. 친구가 한국 기업 고객을 유치하면 더 많은 인력을 채용할 수 있을 테고, 한국에 고부가가치 일자리를 창출할 수 있을 것이다. 하지만 현재로서는 서비스 산업에 대한 인식이 낮아 불가능한 상황이다.

정책 입안을 맡고 있는 한국 기득권 세력은 영미식 교육을 받아 이 문제를 잘 인지하고 있다. 그들 말대로 서비스 산업에 대한 인식이 개선되어야 하고, 해외에 서비스를 팔려면 한국 기업 중역들이 다른 문화권을 더 잘 이해해야 하는 것도 맞다. 영국 고객에게 경영 컨설팅 서비스를 팔 때는 TV 같은 가전제품을 팔 때보다 훨씬 높은 문화적 이해가 요구된다.

하지만 필자가 보기에 한국의 정책 입안가들은 서비스 부문에서 성공을 거두기가 매우 어렵다는 사실을 간과하는 것 같다. 제조업을 버리고 서비스업을 선택하겠다는 것은 제조업만큼이나 서비스업도 경쟁이 치열하다는 사실을 무시하는 것이다. 무턱대고 서비스업에 진출한다고 모건 스탠리 같은 유수의 금융 서비스 기업이 "반갑습니다. 최고의 서비스 컨설팅 클럽에 합류한 것을 환영합니다"라고 맞이해주지는 않는다. 새로운 성장동력으로 각광받는 의료관광 산업은 어떤가? 의료관광 산업은 물론 전망이 밝은 분야다. 하지만 의료관광 산업이 자동차 제조업을 대체하려면 현재 수준보다 200~300배는 규모가 커져야 한다.

한국의 정책 입안가들은 제조업의 퇴조가 야기할 사회적 혼란과 제조업 일자리의 전망을 과소평가하고 있다. 평균적으로 볼 때 제조업 일자리는 서비스 부문 일자리보다 낫다. 미국 상무부에 따르면 제조업의 급여 수준과 복리후생이 더 후하다고 한다. 또한 제조업은 지역 균형 발전에 기여하고 생산성 향상도도 더 높다.

스위스와 독일 같은 나라도 지난 몇 년간 제조업 일자리를 잃었지만 영국이나 미국만큼은 아니다. 국제로봇연맹에 따르면 2000년에서 2009년 사이 독일의 산업생산지수는 100에서 120까지 상승했지만 제조업 일자리 수는 의미 있는 변화가 없었다. 반면 미국의 산업생산지수는 109까지 향상됐지만 제조업 고용지수는 80대 초반으로 곤두박질 쳤다(사실 같은 기간 제조업 일자리가 가장 많이 사라진 나라는 영국이다. 제조업 일자리가 무려 25퍼센트나 사라졌다). 게다가 같은 기간 미국과 독일의 산업 생산에서 로봇 활용은 똑같이 두 배 증가했다. 하지만 '로봇 자동화' 수준에서는 독일이 미국보다 두 배 높은 수치를 기록했다. 자동화와 기술 발전이 반드시 일자리 파괴로 이어지는 것은 아님을 알 수 있다.

즉 독일에서는 직원 수는 유지하되 양질의, 하이테크 제품을 예전보다 더 많이 생산하고 있다. 독일의 생산직 근로자들은 로봇으로 대체되는 단순 노동자가 아니라 로봇을 활용하며 작업하는 고숙련 인력이다. 반면 영국에서도 생산성은 향상됐지만 자동화로 인해 인력이 줄고 예전보다 약간 더 많은 제품을 생산하는 데 그친다. 영국은 세계 10대 제조국으로 전 세계 생산량의 2.3퍼센트를 담당하고, 독일은 세계 4대 제조국으로 전 세계 제품의 6.1퍼센트를 생산하고 있다. 독일은 전체 인구의 20퍼센트가 제조업에 몸담고 있는 반면, 영국은 10퍼센트만이 제조업에 종사하고 있다.

양국의 교육 시스템만 봐도 제조업에 대한 다른 인식을 확인할 수 있다. 독일의 대학 입학률은 30퍼센트 수준으로 OECD 평균 수준을 한참 밑돈다. 하지만 취업으로 이어지는 기술 교육은 탄탄하다. 정규

교육과 직업 교육을 같이 받은 학생들은 졸업 후 바로 고숙련, 고수입 일자리를 얻고, 미래 전망도 밝다. 독일의 청년 실업률은 8퍼센트 정도며, 스위스도 마찬가지다. 반면 2014년 6월 기준 영국의 청년 실업률은 17.8퍼센트에 달한다. 영국의 대학 진학률은 거의 50퍼센트 정도다. 대학에 간 사람들은 대부분 고소득 화이트칼라 일자리를 꿈꾸고 졸업하지만 컨설팅, 은행, 로펌, 보험회사 등 고부가가치 일자리가 충분하지 않다는 사실을 깨닫기까지 그리 오랜 시간이 걸리지 않는다. 대다수는 백수가 되거나, 꺼지라고 외치는 고객을 응대하는 콜센터에서 일하게 된다.

그렇다고 독일이나 스위스가 서비스 산업을 소홀히 하는 것은 아니다. 필자는 스위스에서 일할 때 스위스 경제가 얼마나 균형 있게 작동하는지를 보고 경탄했다. 스위스에는 은행가, 변호사, 컨설턴트도 많지만 기술학교를 졸업하고 최첨단 공장에서 즐겁게 일하면서 높은 수입을 올리는 사람들도 있다. 학생들이 어떤 진로를 선택하든 준비 태세를 잘 갖출 수 있도록 교육제도가 뒷받침하고 있다. '서비스 경제' 아니면 '제조업 경제'라는 이분법에 사로잡힌 독단적 정치 지도자도 없다. 집착이 있다면 '고급 경제'에 대한 집착일 것이다. 그들은 제조업, 서비스 산업 중 하나만을 고집하고 이에 병적으로 집착하는 것이 아니라 서비스업과 제조업 부문 모두에서 고부가가치를 추구한다.

내가 한국에 무엇을 제안할지는 이제 뻔하다. 영국은 이미 많이 늦었지만, 내 생각에 한국에는 아직 10년 정도 시간이 남아 있는 것 같다. 미국·영국식 모델에서 스위스·독일식 모델로 선회하려면 문화, 교육, 경제 방면에서 상당한 변화를 이뤄내야 한다. 하지만 목표의 절반만 달성해도 경제적인 측면에서는 물론이고 사회적으로도 큰 혜택을 누릴 수 있을 것이다. 영국의 수도인 런던과 스위스의 수도인 취리히는 공통점이 많다. 하지만 두 나라에서 수도권 아닌 지역에 사는 서민들의 삶을 비교해보면 점점 그 격차가 벌어지고 있다.

한국형 미텔슈탄트

어디서부터 시작해야 할까? 가장 어려운 문제는 정치 바깥에 있다. 우선 모두 대학에 갈 필요는 없다는 인식이 조성되어야 한다. 아무리 봐도 국민 다섯 명 중 네 명이 대학에 가는 것은 이상하다. 대학에 가지 말라는 것이 아니다. 예를 들어 사회학에 열정이 있는 학생이라면 물론 대학에 가야 한다. 학업에 재능이 있다면 자기가 선택한 분야에서 박사 과정까지 밟을 수 있어야 한다.

하지만 한국에서는 사실상 거의 모든 학생이 대학에 가며, 보통은 관심도 없는 분야를 전공한다. 심지어 많은 학생이 대학에 속았다고 느끼기도 한다. 수백만 명의 학생이 전공을 살리지 못하고, 사회생활에 필요한 장식으로 대학 졸업장을 딴다. 많은 경우, 역량을 키우거나 기술을 익히지 못하고 단지 남들에게 보여주기 위해 4년이라는 시간을 허비하는 곳이 한국의 대학이다. 앞서 언급한 매킨지 컨설팅에 따르면 쉰일곱 살이나 그 전에 은퇴한다는 가정하에, 고등학교를 졸업하고 바로 취업한 사람이 대학을 졸업하고 일을 시작한 사람보다 평균적으로 재정 상태가 더 양호하다고 한다(특히 젊은 세대에서 이 현상은 두드러지게 나타난다).

한국은 높은 교육열로 유명하지만 대학이 언제나 필수였던 것은 아니다. 대학교 수를 크게 늘린 김영삼 전 대통령을 탓할 수도 있겠다. 누구나 대학을 가야 한다는 인식이 뿌리내린 계기가 됐기 때문이다. 실제로 1990년 당시 33.2퍼센트에 불과했던 대학 진학률이 15년 후에는 82.1퍼센트까지 치솟았다. 이제 한국에서 대학 졸업장이 없으면 창피한 일이 되어버렸다. 젊은이들에게 생산직은 부끄러운 일자리가 되었다. 한때 한국에서도 스위스에서처럼 실업학교를 나와 생산직 일자리를 얻는 것이 이상할 것 없었다. 고용 안정과 상당한 수입을 보장해줄 뿐만 아니라 어느 정도의 사회적 위신까지 세워줄 수 있을 때 생산직 일자리 기피 현상이 완화될 수 있다. 기술적 역량과 브랜딩에서 한국 산업이 스위스나 독일에 도전장을 내고 다음 단계로 도약해야만 가능하다. '메이드 인 코리아'를 선택하는 사람들이 자부심을 느낄 정도로 수준을 향상시켜야 한다.

어떻게 해야 가능할까? 필자는 한국 정부가 다시 과거의 전략을 검토해야 한다고 본다. 그것은 바로 정부 주도의 산업정책이다. 대부분 다른 나라에서는 좌파 쪽에서 정부 주도의 산업정책을 추진하는 데 반해, 한국에서는 다름 아닌 박정희가 정부 주도 산업정책의 최대 옹호자였다는 점이 흥미롭다. 늘 그렇듯, 한국에서의 좌우 개념은 예외적이다. 민주주의에 관한 책에서 현대화된 박정희식 정책을 주장하는 것이 아이러니하게 들릴지 모른다.

창원과 같은 지역에 투자하는 외국 기업에는 이미 세금 우대나 보조금 지급 등의 혜택을 주고 있다. 예를 들어 창원에 외자를 들여 창업을 하고 스무 명을 고용하면, 추가 고용이 있을 때마다 창원시에서 100만 원씩 보조금이 나온다. 이런 방식을 확대해 전국적인 산업 규모에서 더 잘 조율된 정책을 추진할 것을 제안한다.

중앙 정부는 미래 성장이 주목되는 특정 산업을 선정하는 일뿐 아니라 창원과 같이 위험에 처한 도시의 상황을 파악하고 R&D 보조금 지급과 세제 감면 혜택 등 전폭적인 지원을 제공해야 한다. 정부 지원금은 대기업이 아닌 한국식 '미텔슈탄트Mittelstand' 양성에 집중되어야 한다. 미텔슈탄트는 독일의 중소기업을 뜻하는 말이다. 독일, 일본, 대만에는 주요 기업에 첨단 필수 부품을 납품하는 하이테크 중소기업의 생태계가 형성되어 있다. 정부는 잠재력 있는 기업에 투자하고, 나중에 그 기업들이 성공하면 투자금을 회수할 수 있다는 희망을 가지고 지분을 받아야 한다. 대만의 성공 사례와 같이 관련 기업들을 한데 묶어 클러스터를 형성해야 한다.

또한 뛰어난 공학박사들의 두뇌 유출을 그냥 보고만 있을 것이 아니라, 투자금을 지급해 이들의 창업을 지원해야 한다. 제품 사양뿐 아니라 디자인도 성패를 좌우하므로 벤처 기업이 재능 있는 산업 디자이너를 고용할 수 있도록 추가 보조금을 지급하거나 합리적인 가격 수준의 디자인 컨설팅을 지원해야 한다. 현재 한국은 많은 원천기술을 일본에서 수입하고 있는 형편이다. 한국에는 없는 기술이기 때문이다. 이런 상황이니, 한국의 두뇌를 십분 활용해 원천기술 부문을 강화할 수 있도록 인센티브를 제공하는 것은 어떨까?

한국형 미텔슈탄트는 또한 빽빽하게 자란 키 큰 나무가 나머지 나무들의 햇볕을 가려버리는 경제 '우림' 문제를 해소하는 데 일조할 것이다. 현재 한국의 20대 기업가 중 자수성가한 신진 기업가는 두 사람에 불과하다. 현재 한국의 중소기업은 사실상 각종 지원책의 수혜자일 뿐이다. 한국 정부는 은행을 통해 중소기업에 저리 대출을 지원하고 있다. 중소기업은 저리 대출이 없으면 대기업 정글에서 생존이 불가능하기 때문이다. 한국이 중소기업을 지원하는 방식은 지나치게 무차별적이며, 중소기업의 경쟁우위를 높이기 위한 핵심 전략도 없는 실정이다. 잘하는 중소기업을 선별하는 과정 없이, 모든 좀비들이 생존할 수 있도록 돈을 건네주는 것에 불과하다.

기술력을 향상시키고, 기존 인력을 재교육하도록 기업을 유인하려면 당근과 채찍을 적절히 활용해야 한다. 주요 기업과 연계해 교육기관을 개설하고, 정부 차원의 확고한 약속이 필요하다. 예를 들어 중국 조선소나 공장에 일자리를 하나씩 잃을 때마다 고부가가치 제조업 일자리가 하나씩 생성되도록 해야 한다. 초기에는 비용이 많이 들겠지만, 지금 이런 조치를 취하지 않으면 나중에 훨씬 많은 사회경제적 비용을 치러야 할 것이다. 디트로이트의 상황만 봐도 그렇다. 디트로이트는 현재 주민 한 명당 2만 5000달러(2700만 원가량)의 빚을 지고 있다.

지난 수년간 한국 정부는 기술 벤처 기업에 수조 원을 투자했다. 예컨대 새로운 앱을 개발하고자 하는 젊은이들은 정부 지원금을 받아 보다 쉽게 창업할 수 있다. 청년들을 지원하고 한국의 마크 저커버그를 양성하겠다는 생각은 물론 좋지만 아직까지는 성공 사례가 드물다. 과거 한국 정부는 주력 제조 산업 선별에 뛰어난 기량을 발휘한 바 있다. 그러한 역량을 한국 공업 도시에 집중해 전문 중소기업들이 성장할 수 있도록 지원하는 것은 어떨까? 이렇게 한다면 최소한 위험에 처한 세대의 일자리를 지켜나갈 수는 있을 것이다.

사실 필자는 정부가 '위너를 선정'하는 아이디어를 맹신하지 않는다. 주력 산업 선정에 능한 나라도 있지만 실패한 사례도 있다. 이 문제는 그 나라의 문화와도 연관 있다. 범국가적 사업을 효율적으로 추진할 만큼 응집력 있는 사회인가? 부패가 심각해 전체 사업을 그르칠 위험이 있는가? 정부의 의사 결정자들이 어리석은 선택을 하지 않을 만큼 실용적인 기업가 마인드를 갖추고 있는가? 역사적으로 볼 때 한국은 이 시험을 통과할 수 있음을 입증했다. 물론 오늘날 한국 경제는 박정희 시대와 크게 다르지만, 아직도 국가 통제권 하에 있으니 이를 십분 활용하자. 예를 들어 송도 국제도시 건설은 영국이라면 꿈도 못 꿀일이다. 2010년 취재 차 송도에 간 적이 있다. 그때만 해도 송도 사업은 무지막지한 돈 낭비로 느껴졌다. 하지만 현재 송도의 인구는 계속 늘어나고 있다. 송도 사업이 결국 성공할 것이라는 데는 의심의 여지가 없다. 한국 정부와 산업 간의 협력을 통해 국제 도시 건설을 성공적으로 이끌 것이 분명하다.

정부 개입 정책으로 바람직한 결과를 달성하지 못한다 하더라도, 최소한 그동안 공업도시들이 시간은 벌 수 있을 것이다. 영국 제조업 중심 지역의 일자리가 줄자 사람들은 급속히 빈곤해졌고 아이들은 궁핍한 환경에서 자라야만 했다. 빈곤한 가정에서 자란 아이들에게는 교육기회도 줄어들고 영양 공급도 충분치 않다. 아이들은 자신감도 떨어지고, 다른 사람들로부터 존중받기도 어렵다. 물론 어른이 되어서도 인생 전반에 걸쳐 기회를 얻기가 힘들다. 악순환의 고리 속에서 실패한 인생은 다음 세대로 대물림된다. 북부 잉글랜드, 웨일스, 스코틀랜드의 여러 곳에서 실패한 인생은 이제 기본 출발점이 되었다. 제대로 교육받고 전망 좋은 일자리를 얻는 것만으로 대단한 성공기가 될 정도다. 이런 점에서 공업도시의 어린이들이 집단적인 실패를 겪지 않도록 방지하는 것만으로도 가치 있는 투자라고 생각한다.

물론 어마어마한 비용이 든다. 하지만 4대강 사업에 22조 원씩이나 투자하지 않았던가? 게다가 매년 대기업에 돌아가는 정부 지원금이 몇천억 원에 달한다는 사실을 상기하면 공업도시에 투자하는 프로젝트라고 못 할 일은 없다. 삼성에 매년 천억 원의 정부 지원금이 주어진다. 사실상 경쟁상대도 없는 환경에서 엄청난 영업이익을 올리고 있는 대기업 맥주회사 등의 독과점 기업에 세금을 징수해 추가 재원을 마련하는 것은 어떨까? 이들은 제대로 된 경쟁도 하지 않으면서, 벌어들인 이득을 R&D 투자에 적극적으로 투입하지도 않는다. 사실 이런 독과점 기업들은 이미 한국 소비자에게 '민영' 세금을 징수하고 있는 셈이다! 또한 현재 '사업하는 데 드는 불가피한 비용' 수준으로 치부되는 미미한 과징금을 높여 가격 담합 처벌을 현실화하는 것은 어떨까?

또한 필자는 최근 정부가 추진한 담배세 인상에 찬성한다. 담배 가격을 더 높여서 증세 효과를 높이는 건 어떨까? 국제 담배 가격에 비해 한국의 담배 가격이 낮은 것은 사실이다. 또한 흡연 때문에 양산되는 부정적인 외부 효과를 고려할 때 담배 가격 인상은 온당하다고 본다. 2007년 통계에 따르면 흡연으로 지출되는 경제적 비용이 연간 5조 4600억 원에 이른다. 한국의 대부분 진보 진영은 담배세 인상에 회의적이다. 서민층의 흡연율이 부유층의 흡연율보다 높으니 담배세 인상은 사실상 역진세이며, 이러한 서민 증세 꼼수는 박근혜 정부의 전형적인 수법이라는 논리다. 하지만 지속적인 흡연을 유발하는 낮은 담뱃값을 방치해 폐암 발병률을 높이기보다는 역진세를 도입했다는 욕을 듣는 편이 낫다. 담배는 하루하루 먹고 살기 힘든 빈곤층의 시름을 달래주는 기호품이라고 생각할 수도 있다. 물론 그 말도 틀리지 않다. 하지만 지속적인 흡연을 방치하면 흡연자의 수명은 단축되고, 결국 관련 질병으로 고통 속에서 죽게 될 뿐 아니라 가족들까지도 고생하게 된다. 담배에 무거운 세금을 물려, 흡연자들이 담배를 끊도록 유도해야 한다.

제조업 일자리의 미래를 고려할 때, 한국의 노조 또한 스스로의 역할을 반성해야 한다. 현대자동차 노조가 대규모 임금 인상을 요구해 공장 폐쇄로 이어지고, 그 결과 노조 가입원이 아닌 다른 빈곤한 노동자들을 더욱 힘들게 하는 모습을 보면 매번 실망스럽다. 1970년대 영국에서도 강성 노조가 기업과 정부를 상대로 싸웠다. 안타깝게도 그들은 제조업이 위기에 처해 있는 상황에다, 노조를 분쇄하겠다는 의지가 투철했던 마거릿 대처가 권력을 잡으려던 시점에 너무 높은 몸값을 부르는 우를 범했다. 대처는 강성 노조를 내심 반겼을 것이다. 노조 철폐를 추진하는 데 완벽한 명분을 마련해줬으니 말이다. 다시 독일의 경우를 살펴보자. 독일에서는 노사정 당사자가 합리적인 타결안을 마련하기 위해 서로 협조한다. 한국에도 이런 자세가 어느 정도 필요하다.

영국은 과거의 대표 공업도시를 살리기에 너무 늦어버렸다. 게다가 국민 모두가 합심해서 공동으로 대응할 역량도 부족하다. 하지만 한국은 과거 정부 주도의 성공적인 계획경제 경험도 있거니와 계획을 실행에 옮길 시간적 여유도 있다. 경제학자가 아닌 필자의 제안은 설익은 해법일지도 모른다. 하지만 한국 정치 계급이 이 시점에 올바른 판단을 하지 못하면 유럽의 중산층 소비자들이 중국제 자동차를 몰고 중국제 선박으로 운송된 샤오미 휴대전화를 사는 시대를 앞당기게 될 것이다. 서비스 산업 육성은 해법의 일부일 뿐이다. 이제 한국은 영미식 모델을 따르기보다 스위스나 독일의 사례를 검토해 새로운 정책을 도출하고 시행해야 한다. 이를 가능케 할 추진력과 지혜가 있는 정치인이라면 다음 세대에 영웅이 될 것이다.

17

복지는
투자다

앞에서 다룬 내용은 나에게 각별한 주제다. 한국의 어떤 경제 이슈보다 중요하다고 생각하기에 주제에서 살짝 벗어난 점을 양해해주기 바란다. 어쨌든 길거리에서 폐지를 줍는 사람이든, 전국에 3만 1000개나 있지만 대부분 파리 날리는 치킨집 주인이든 살아가기 벅찬 사람들이 넘치는 데는 원인이 있다.

바로 한국의 열악한 복지 때문이다. 공정하게 말해 새누리당은 복지 예산을 늘리고 있다. 그러나 한 걸음 더 나아가지 못하는 이유가 있다. 그것은 다름 아니라 좌파 우파 모두 똑같이 복지를 '공짜로 주는 시혜'로 제시하기 때문이다. 복지를 시혜로 제시하는 것은 우파에게 딱 들어맞는 프레임이지만, 좌파는 잘못된 복지 프레임으로 또한번 제 발등을 찍고 선거에서도 패한다. 정치권이 적절한 경쟁구도를 회복하고 복지를 대대적으로 확충하면 한국에 많은 혜택을 가져다줄 것이다. 하지만 현재는 그 어느 쪽으로도 진전이 없다.

한국에서 복지 증진의 열쇠는 어떤 '프레임'을 짜느냐에 달려 있다. 여기서 필자는 특정 정책에 대한 세부 전략을 다루기보다는 복지가 어떻게 제시되어야 하는지에 대해 이야기하려 한다. 한국은 사회·경제적 지위 상승에 대한 열망이 강한 나라이기 때문에 분배를 논하는 복지 담론은 통하기 어렵다. 그렇다면 어떻게 해야 중도층 유권자들이 복지정책의 필요성에 공감할 수 있을까?

한국은 복지를 확대할 수 있고, 확대해야만 한다

가장 보수 성향의 신문을 보는 사람들이 정부가 복지 예산을 확대했다가는 그리스꼴이 날 거라고 생각하는 것도 무리가 아니다. 현 정부가 연간 복지 예산을 9퍼센트까지 확대했지만, 한국은 아직도 OECD 회원국 중 유일하게 전체 GDP에서 복지 지출이 10퍼센트 미만인 두 나라 중 하나다. 한국이 구미에 맞는 부분만 취사선택해서 닮고 싶어 하는 나라, 미국의 복지 지출은 19퍼센트 수준이다. 그리스는 그보다 높은 24퍼센트로 영국과 비슷한 수준이고, 프랑스의 복지 지출은 33퍼센트에 달해 솔직히 지나치게 관대한 편이다.

한국 정부가 복지 지출을 15퍼센트 또는 20퍼센트까지 늘린다 해도 여전히 OECD 평균에 미치지 못한다. 필자에게 "한국은 북한 때문에 국방비 지출이 우선이다. 복지 예산을 늘릴 여유가 없다"고 말한 사람도 있다. 하지만 세계은행에 따르면 한국의 전체 GDP 대비 국방비 지출은 어차피 2.6퍼센트에 불과하다. 대부분의 다른 나라보다는 높지만 국방비 예산에 3.8퍼센트를 할애하는 미국보다는 낮다. 한국의 연간 GDP 중 2.6퍼센트를 환산하면 약 34조 원으로, 이명박 정부가 자원외교 '투자'에 낭비한 총비용보다 훨씬 적은 액수다. 이명박 정부가 날려버린 투자액에다 4대강 사업에 든 비용까지 합하면 3년 치 국방비 지출에 맞먹는다. 전임 대통령의 엉터리 재테크만 아니었어도 북한의 잠재적 위협에 더 잘 대응할 무력 증강에 더 많은 예산을 할당할 수 있었을 것이다. 그 기회를 날려버렸으니 전임 대통령은 빨갱이였나보다!

앞서 언급한 막대한 투자 실패에도 불구하고 한국 정부의 재정 여력은 탄탄하다. 지난 8년간 평균 3.2~8.0퍼센트 수준의 적자를 기록하고 있는 다른 OECD 회원국들과 달리 한국은 현재 흑자 또는 미미한 정도의 적자를 기록하고 있다. 정부 부채는 2012년 GDP 대비 37.6퍼센트로 충분히 관리 가능한 수준이며 OECD 회원국 평균보다 훨씬 낮은 수준이므로 지금까지는 재정 상황이 나쁘지 않다. 하지만 가구당 평균 부채가 전체 수입의 160퍼센트에 이른다. 부채의 상당 부분은 살인적인 집값 때문인데도 정부는 '최노믹스(최경환 경제부총리 겸 기획재정부 장관의 성에 이코노믹스economics를 합성한 말이다. 자기 이름에 '이코노믹스'를 붙이는 게 정치인 사이에 유행인가보다)'를 통해 부동산 경기 부양을 꾀한다. 부동산 가격 상승은 부자들의 배만 불려줄 뿐, 가지지 못한 사람들을 더 깊은 빚의 나락으로 떨어지게 만든다. 국민들이 힘들어하는데도 지갑을 열지 않는 걸 보니 현 정부는 구두쇠인 것 같다.

물론 다른 OECD 회원국들이 한다고 한국도 따라 해야 한다는 법은 없다. 복지가 나태나 '복지병'을 부추긴다는 말을 들어본 독자라면 한국이 멕시코 수준의 낮은 복지 지출을 유지하고 있어서 다행이라고 생각할지도 모른다. 영국에는 '복지의 함정'이 있어 일할 바에는 차라리 실업수당을 받는 편을 택하는 사람들이 있고, 이런 복지의 폐해는 다시 경제성장의 발목을 잡는다고 말할 수도 있다.

하지만 이는 영국 복지의 한 단면에 불과하다. 영국에서 복지가 가장 크게 확대된 것은 1945년 노동당 출신 사회주의자 클레멘트 애틀리Clement Attlee가 총리로 당선된 이후다. 공공 의료를 제공하는 국가보건 서비스National Health Service, NHS 구축이 복지 확대의 주축이 되었다. 놀랍게도 영국은 복지 확대 단행 직후인 1950년대와 1960년대에 역사상 가장 오래 지속된 고공 경제성장을 이룩했다. 당시 영국 정치계 대부분이 복지 확대를 수용했고, 지금의 신자유주의자들이라면 질색했을 노사정 합의기구를 마련해 서로 협력했다. 실업률도 2퍼센트로 거의 완전고용 상태였다. 복지 확대만으로 이 모든 것이 가능했다는 말은 아니다. 하지만 적어도 복지 때문에 영국 경제를 망쳤다고 말할 수는 없다.

1970년대에는 오일 쇼크, 세계적인 경기 침체, 노사정 협의 결렬 등이 겹치며 보수당 당수 마거릿 대처가 총리로 등극한다. 솔직히 대처 취임 당시 영국은 총체적 난국에 빠져 있었다. 이를 해결하기 위해 대처는 노사정 합의를 무마시키고, 노동조합을 분쇄하고, 그의 관점에서는 공룡처럼 거대화됐다고 생각한 제조업과 공업도시가 함께 망하도록 방치했다. 시간이 가면서 경제성장은 회복됐지만, 완전고용은 회복되지 않았다. 영국에서 복지병이 사회 문제로 대두된 것이 바로 그 시기다. 그전에는 수당을 받으며 게으르게 사는 생활이 가능했음에도 모두 다 '일했다'.

독일도 최근 몇 년간 실업수당 규모를 축소했지만 여전히 영국의 실업수당보다 후하다. 복지병을 믿는 사람이라면 두둑한 실업수당이 보장된 독일 사람들이 영국 사람들보다 일을 더 안 하려 한다고 생각할지 모르지만 독일의 실업률은 영국보다 낮다. 독일에서는 보통 사람이 양질의 일자리를 찾을 가능성이 더 높기 때문 아닌가 싶다. 게다가 '게으른' 영국에서 실업수당이 전체 사회복지 지출에서 차지하는 비율은 3퍼센트에 불과하다. 그런데 설문조사 결과 영국인들은 그 수치를 41퍼센트로 실제 보다 훨씬 높게 추측했다. 영국 내에서도 복지 과잉의 병폐에 공감하는 사람들이 많다는 이야기를 들어보았을지 모른다. 하지만 틀렸다. 영국인들은 인간다운 대우를 받을 수 있고, 괜찮은 임금을 주는 일자리가 있으면 그 일을 마다하고 수당에 기대어 살려고 하지 않는다.

프랑스는 예외라는 점을 인정한다. 프랑스의 복지제도는 환상적일 만큼 관대해서 실제로 실업수당을 받으려고 일을 관두는 사람들이 있을 정도다. 하지만 영국의 상황은 그렇지 않다. 한국에서도 복지병이 생길 가능성은 매우 희박하다. 한국은 출세 못한 것을 창피하게 여기는 성공 지향적 사회라는 점을 감안했을 때, 실업수당은 영원한 공짜 수입원이 아니라 사회안전망으로 작용할 것이다.

투자로서의 복지

여기서 우리는 복지의 '프레임'을 어떻게 짜느냐가 얼마나 중요한지 알 수 있다. 복지는 나태를 부추기는 제도로 제시될 수도 있지만, 부유하나 불평등한 사회가 실천해야 할 좋은 일로 제시될 수도 있다. 또한 수혜자 관점에서는 모든 사람에게 동등하게 주어지는 기회로, 복지를 제공하는 정부 입장에서는 투자로 제시될 수 있다. 필자 또한 영국 복지제도의 상당한 수혜자다. 우리 부모님은 내 존재만으로 정부로부터 아동수당을 받았다. 덕분에 내 건강보험은 전액 보장되었다. 내가 옥스퍼드 대학에 다닐 때 우리 부모님이 낸 등록금은 1년에 고작 1천 파운드(한화 172만 원 정도)였다. 지금 내가 옥스퍼드 대학에 다닌다면 그보다 열 배쯤 높은 등록금을 내야 한다. 아이러니하게도 노동당 총리 토니 블레어가 추진한 정책의 결과다. 만일 예전에 옥스퍼드 대학 등록금이 시장가였고 국가보건 서비스NHS가 존재하지 않았다면 필자는 지금쯤 전혀 다른 삶을 살고 있을 것이다. 복지제도가 나를 어떤 사람으로 만들었나? 나태한 버러지? 아니면 경제적으로 자립적인 사람?

아버지는 1994년에 실직하고 나서 약 6개월간 실업수당을 받았다. 실업수당 덕분에 우리 가족은 아버지가 새 일자리를 찾을 때까지 숨쉴 여유가 있었다. 아버지가 게을러서 수당을 받았을까? 대답은 물론 '아니요'다. 나라에서 받은 수당은 우리 가족이 빈곤의 나락으로 떨어지는 것을 방지해준 일시적 투자였다.

복지제도를 찬성하는 가장 유명한 인물은 아마도 '해리 포터' 시리즈를 쓴 조앤 K. 롤링일 것이다. 그녀는 1990년대 초반 싱글맘으로 어렵게 살 때 자신의 삶을 버티게 해준 정부 수당에 대해 감사하게 생각한다. 그녀는 영국 복지제도에 '빚을 졌다'며 복지제도가 없었다면 작가가 되지 못했을 것이라고 종종 이야기한다. 그래서인지 롤링은 다른 부자 영국인들과 달리 다른 나라로 이주하지 않고 어마어마한 세금을 내며 영국에서 살고 있다. 정부가 롤링에게 투자한 복지수당은 이미 회수되고도 남았다. 물론 회수되지 않은 투자금도 있다. 그런 사례들은 보수 신문에 기삿거리로 이용되며, 성공한 사람들은 전적으로 혼자 힘으로 성공했다고 포장한다. 성공한 사람들은 "나는 어떤 도움도 받지 않고 100퍼센트 자수성가한 사람이다!"라고 말하는 경향이 있다. 심정적으로는 이해가 가지만 혼자 힘으로 성공하는 사람은 없다.

안타깝게도 한국에서는 복지를 확대하려는 사람들조차 그릇된 방식으로 복지를 제시하는 실수를 저지른다. 2012년 대선을 앞둔 상황에서 민주당이 내세운 메시지는 이랬다. '가난하고 딱한 국민이여, 국민의 최상위 1퍼센트만 부자가 되고 나머지는 빈곤해진 이명박 정권 아래 끔찍한 시간을 보낸 여러분, 여러분의 시름을 덜어주기 위해 복지를 확대하겠습니다.' 마치 사탕을 잃어버린 어린아이를 어르는 듯한 수사였다. 복지에 대한 궁극적 메시지는 '복지는 정부가 여러분에게 투자하는 것입니다. 투자를 통해 여러분이 꿈을 이룰 수 있도록 지원하겠습니다. 나중에 세금을 많이 낼 수 있을 만큼 성공해서 돌려주십시오'라고 전달되어야 한다. 지위 상승에 대한 열망이 강한 한국에서 특히 효과적인 방법이다.

그런데 한국에서는 반값 등록금, 무상급식 등 '무상' '반값' 타령뿐이다. 최근 정의당은 반값 통신비 실현까지 들고 나왔다. 이런 접근법을 택하면 복지는 상금이 걸린 촌스러운 퀴즈 쇼처럼 보일 뿐 아니라, 사회적 약자에 대한 시혜로 비칠 뿐이다. 게다가 복지를 반대하는 사람들이 "복지는 사람들이 공짜를 바라게 만든다"고 주장하도록 도와주는 좋은 구실이 된다. '사회가 지금 여러분을 도울 테니, 나중에 여러분이 성공하면 사회를 도와야 합니다'라는 암묵적 합의가 복지정책에 내포되어야 한다.

많은 한국인에게 집 문제는 분명 부담이다. 필자는 저비용 주택을 세공하는 정책은 강력히 지지하지만 이를 '무상'이라고 부르지는 않을 것이다. 예를 들어 버려진 옛 공장터 등을 개보수해서 아파트 단지로 조성하고 빈곤층에게 명목가로 제공하되 집 상태 유지, 10년 거주 조건 등을 제시할 수 있다. 근처에 좋은 학교를 세우면 해당 공동체에 활기를 불어넣을 수 있다. 무상이 아니라, 재개발 지역에 대한 투자이며 빈곤층에게 스스로 운명을 개척할 수 있는 기회를 주는 것이다. 영국에 좋은 예가 있다. 스토크온트렌트Stoke-on-Trent는 산업 공동화를 겪은 가난한 도자기 마을인데, 지자체가 지역 주민들에게 단돈 1파운드를 받고 낡은 집을 팔았다. 단, 향후 10년간 3만 파운드(한화 5200만 원가량)를 투자해 집을 개보수하고 다른 곳으로 이사 가지 않는 조건을 제시했다. 지금까지 잘 작동하고 있는 이 프로젝트는 권리와 책임을 함께 부여한 시도였기에 보수와 진보 양쪽 언론 모두 긍정적으로 보도했다.

'투자' 프레임에 딱 들어맞는 여러 복지정책 가운데 한 가지 예를 들어보자. 한국은 미국과 더불어 유급 육아휴직을 주지 않는 유일한 OECD 회원국이다. 남성 육아휴직을 포함한 유급 육아휴직을 보장하고 보육시설을 확대하며 공교육에 대한 투자를 늘려야 암울할 정도로 낮은 출산율이 높아지기를 기대할 수 있을 것이다. 심지어 집권 여당도 출산율 증대의 중요성을 절감하는 것 같다. 2014년 수치를 보면 정부는 보육과 성차별 반대에 대한 복지 지출을 26조 원까지 약 13퍼센트 늘렸다. 시작은 좋다. 하지만 앞으로 10년 후 초고령 사회에 접어들 것으로 예상되는 현시점에서, 저출산 문제를 해결하려면 보다 적극적인 대책이 필요하다.

안타깝게도, 대중에게 복지의 중요성을 납득시키지 못하면 더 많은 것을 이룰 기회마저 놓칠 수 있다. 기본적으로 모든 신생아는 미래의 납세자임을 강조해야 한다. 같은 맥락에서 공공보건 서비스를 확대하고 사람들이 자립할 수 있도록 지원해, 그들이 조속히 일에 복귀하고 세금을 납부할 수 있게 해야 한다. 실직한 사람들이 절망적인 빈곤의 나락으로 떨어지지 않도록 실업수당을 제공해 실직 가정 자녀들의 삶이 망가지는 것을 방지해야 한다. 그리고 그 아이들이 더 많은 것을 성취하고 더 많은 세금을 내는 모습을 지켜보자. 복지가 없다면 불가능한 시나리오다. 따라서 복지는 투자라고 불러야 한다. 런던 정경대 헨리크 야콥센 클레벤Henrik Jacobsen Kleven 교수에 따르면 덴마크, 노르웨이, 스웨덴과 같은 북유럽 국가의 노동 참여율이 높은 것은 육아 및 노인 인구 부양에 대한 정부 지원금, 관대한 병가제도, 막대한 정부 보조금으로 운영되는 대중교통 등이 뒷받침되어 사람들이 실질적으로 일할 수 있는 환경이 조성되어 있기 때문이라고 한다. 다시 한번 강조하건대, 복지는 고수익 투자다.

축복으로서의 실버 사회

우파들은 주저하겠지만 연금 또한 복지다. 영국에서는 40퍼센트 이상의 사회보장 지출이 연금에 할당된다. 실업수당의 열다섯 배 규모다. 20년 후 한국을 상상해보면 이는 축복처럼 보일 것이다. 한국의 잠재 은퇴 인구 규모를 생각해보라.

49퍼센트에 육박하는 노인 빈곤율은 눈부신 한국 경제에 큰 오점이다. 모든 것을 희생하고 오늘의 한국을 있게 한 상본인들의 절반은 헌신의 대가로 아무것도 받지 못했다. 거의 90도 각도로 허리가 굽은 노인들이 한밤중에 박스나 알루미늄 캔을 주우러 다녀야 하는 판에 혈세로 한강에 인공 섬을 조성하다니 분통이 터질 일이다. 정부는 약속했던 기초노령연금 월 20만 원 지급 공약을 폐기해버렸는데도 노인들이 화를 내지 않으니 참으로 이상한 일이라고 생각할지 모른다. 하지만 '박씨' 브랜드를 향한 노년층의 일편단심을 헤아려보면 그리 놀랄 일도 아니다.

그러면 어떻게 해야 할까? 먼저 약속했으면 지켜야 한다. 정부는 약속했던 기초노령연금 20만 원을 지급해야 한다. 나라면 또 노령 부모를 모시며 함께 사는 가정에 세금을 경감해주거나 보조금을 지원하겠다. 2014년 통계청 자료에 따르면 현재 49.5퍼센트의 한국인만 부모를 부양하고 있다. 너무 많은 노인 인구가 빈곤에 허덕일 뿐 아니라, 가족에게 외면당하고 있다. 이런 상황에서 나이 든 부모와 함께 살도록 장려할 인센티브를 마련하자는 취지다. 가계에도 도움이 되고 부모를 부양한다는 심리적 만족감도 줄 수 있다. 현재는 정반대 상황이 벌어지고 있다. 실제로는 부양받지 못하는 노인이 더 흔한데, 단순히 전화 통화 기록 등을 근거 삼아 자녀들과 연락이 닿는다는 이유로 이들은 부양받고 있다고 간주된다.

지자체는 중앙 정부 지원을 받아 빈곤 노년층에 아무 조건 없이 쉼터와 식사를 제공해야 한다. 서울역이나 시청역 지하를 배회하는 노인 노숙자들의 모습은 눈부신 외양을 갖춘 한국의 성공을 무색하게 한다. 하지만 여태까지 당국은 구걸을 금하고, 이들이 사라지길 바랄 뿐이었다.

다행히도 정치권에서 기업의 퇴직 연한 연장을 추진하고 있다. 경륜이 많고 아직 건강한 55세 근로자가 연공서열제도와 나이에 따른 호봉제 때문에 한순간에 무용지물로 전락하는 어처구니없는 상황이 너무나 오랫동안 벌어져왔다. 엄청난 인력 낭비가 아닐 수 없다. 엄마가 되는 순간 좋은 일자리에서 밀려나는 여성 인력 문제도 마찬가지다. 나이 많은 남성과 모든 연령대의 여성이 겪는 어려움은 한국 사회에 내재된 편견이 야기한 시장 실패의 예로 재조명되어야 한다. 교과서식 이론이나 시장근본주의자들의 주장에 따르면 기업의 결정은 전적으로 이성적인 경제적 선택에 달려 있다고 한다. 그러나 현실은 합리적이고 경제적인 선택 외에도 문화적 요소, 기타 복합적인 요소가 작용해 결정된다. 여기서 무엇보다 중요한 것은 그렇게 다양한 요소 가운데 일부에서 문제가 발생하면 결단력을 발휘해 필요한 조치를 취해야 한다는 점이다.

급증하는 노령 인구를 고려할 때, 장기적으로 국민연금 수령액을 큰 폭으로 상향 조정하는 것은 비현실적이다. 국민연금 수령액을 늘리지 말아야 한다는 말이 아니다. 그러나 연금 말고도 중요한 문제는 또 있다. 은퇴 이후에도 몇십 년은 더 일할 수 있는 경륜을 갖춘 인재를 활용할 수 있는 정책이 나와야 한다. 사회에서는 퇴물 취급을 받지만 사실 노년층은 여러 가지 일을 가뿐히 해낼 수 있는 능력 있고 경험 많은 인재군이다. 왜 실버 사회를 대책 없는 재난으로만 봐야 하는가? 노인에게도 합당한 수입을 얻을 수 있는 기회를 주면 국내 관광, 보건, 레저 등 연관 산업도 함께 성장할 것이다. 복지에 지출하는 돈은 블랙홀로 사라지는 게 아니다. 복지정책 수혜자가 상점에 가서 물건을 사는 순간 복지에 투입된 돈은 다시 세상에 등장한다. 특히 노년층은 다른 연령대보다 저축이 아닌 지출에 돈을 쓸 가능성이 더 크다.

기술력이 뛰어난 벤처 기업에 정부가 투자해야 한다고 앞에서 밝힌 것과 마찬가지로, 50~60대가 세운 협동조합이나 기업에도 정부가 투자해야 한다. 필자라면 공무원 대신 기업가에게 관련 프로그램 운영을 맡기겠다. 개인보다는 여러 사람이 함께 세운 협동조합, 역량 있는 창업자, 고숙련 일자리를 창출하고 지역 균형 발전에 기여할 기업을 우대할 것이다. 예를 들어 서울보다는 전라도나 강원도 등 지방 소재 기업에 가산점을 줄 것이다. 요식업은 말리고 싶다. 한국에는 이미 인구 100명당 한 개의 식당이 있다. 그중에는 1600명당 한 군데꼴의 치킨집도 포함된다. 치킨집이 정말 많기도 하다.

중소기업이나 협동조합에 보조금을 지원하는 것도 일종의 복지다. 하지만 이런 지원도 투자라는 관점에서 작동되어야 하고, 복지 수혜자가 인간으로서의 존엄을 지킬 수 있게 보장해줘야 한다. 한국의 많은 노년층은 정부 보조금 수혜자라는 사실에 어느 정도 굴욕감을 느낀다.

사회적 약자에게 주어지는 시혜 대상이 되는 것은 그들 세대에선 미덕이 아니다. 하지만 특정 요건을 갖춰 정부 투자나 보조금을 따내야 한다면 이야기가 달라진다. 무엇보다 최종 결과는 본인들의 노력 여하에 달려 있다.

필자의 제안은 다분히 '제3의 길' 방식이다. 한국 실정에 맞는 재분배 프레임은 국민이 잠재력을 발휘할 수 있도록 '투자'하는 방식으로 제시되어야 한다. 이 프레임을 잘 활용하면 정치적으로도 위력을 발휘할 수 있다. 새누리당이 아닌 당이 집권에 성공하고 지금껏 어느 누구도 해내지 못한 방식으로 노년층에 존엄성을 부여한다면 어떤 일이 일어날지 상상해보라. 한국 선거에서 세대 문제는 해결할 수 없는 고질적인 이슈로 간주되지만, 해답이 없는 것이 아니라 해답을 찾은 사람이 없었던 것은 아닐까.

18 모든 것은 프레임에 달려 있다

좌파의 이슈로 각인되어 발목 잡힌 것은 복지만이 아니다. 이 장에서는 몇 가지 관련 이슈를 묶어서 이야기하려고 한다. 어쩌면 필자는 한국의 자유방임 자본주의 질서를 흐리게 하고 '관료주의의 망망대해'에 버티고 있는 경제마저 익사시키려는 급진적 페미니스트로 비칠지도 모르겠다. 혹은 좀더 효율적이고 질서 잡힌 경제 시스템을 희망하는 합리적 자본주의자로 보일 수도 있을 것이다.

젠더 차익 거래

먼저 페미니즘 이야기부터 시작하자. 특히 직장 내 여성의 지위 문제에 관해서는 개선되어야 할 점이 많다. 한국 사회에서 여성의 지위(111위)가 아랍에미리트(109위)나 바레인(112위) 수준과 비슷한 것으로 발표된 2013년 세계경제포럼의 세계 성^性 격차 보고서 내용을 전적으로 수긍하기는 어렵지만, 여성이 심각하게 차별받고 있는 현실은 부인할 수 없다. 여성 노동력 활용 비율이 현저히 낮기 때문에 여성 차별 문제는 공정성 면에서 따져야 할 문제일 뿐 아니라 경제 문제와도 직결된다.

통계를 봐도 한국 기업은 여성보다 남성을 더 많이 고용하며, 여성은 남성에 비해 적은 월급을 받는다. 이 문제를 해소하기 위해, 입사 면접 및 고용에 여성 할당제를 도입하는 것은 어떨까? 최소한 OECD 평균에 도달할 때까지만이라도 점진적으로 성별 임금 격차를 줄이는 정책을 시행하는 것은 어떨까? 산업 평균 대비 각 기업이 얼마나 잘하고 있는지 측정하고 실질적 개선을 위해서는 당근과 채찍을 적절히 활용해야 한다.

2003년 노르웨이 정부는 상장 기업의 경우 이사회 내 여성의 비중을 40퍼센트 이상 채울 것을 의무화하고, 이를 이행하지 않을 경우 기업 폐쇄 조치를 내릴 수 있도록 하는 법안을 도입했다. 매우 극단적인 조치여서 당시 상당한 마찰을 빚었다. 한국의 경우, 그만큼 과격한 조치는 아니더라도 4년 안에 기업에서 여성 고위 관리자나 임원 비율을 15퍼센트까지, 8년 안에 25퍼센트까지 늘리고 여성 중역 수도 열 명까지 늘리자는 제안을 하고 싶다. 궁극적으로 12년 내 이사회 여성 비율 35퍼센트, 여성 중역 비율 25퍼센트 달성을 목표로 설정해야 한다. 점진적으로 적용하면 젊은 여성 인력이 성장해 중역이 될 수 있는 시간적 여유를 줄 수 있다. 너무 오랫동안 여성들이 배제되어왔기 때문에 현재로서는 중간급 여성 관리자가 턱없이 모자란다.

　장기적으로 볼 때 공정성도 높이고 여성들이 따라잡을 기회도 줄 수 있다. 또한 기업에도 좋다(경제학 수업에서 가르치는 것과는 달리 기업이 항상 수익 극대화에만 몰두하는 것은 아니다. 한국의 문화, 기업 문화, 전통 등 여러 다른 요소 또한 기업의 의사결정에 영향을 미칠 수 있다. 따라서 "수익성에 도움이 된다면 진작 기업들이 다양성 확대에 힘썼을 것"이라고 단정지을 수는 없다). 다양성은 그 자체만으로도 모든 측면에서 득이 된다. 다 차치하더라도 대다수 소비재 구매 결정은 여성들의 몫이며, 특히 일반적으로 가계 경제권을 주로 여성이 갖고 있는 한국에서는 더더욱 그렇다! 이런 상황에서 예컨대 유통 기업의 의사 결정권자가 모두 남성이라는 것이 말이 되는가?

　"여자를 뽑아봤자 결혼하고 애 낳으면 관둔다", 또는 "남자들은 군말 없이 야근할 텐데 여자들은 꺼린다"고 말하는 사람들이 있다. 그렇게 말하는 사람들의 입장도 이해 못하는 건 아니다. 하지만 그와 같은 발언은 비단 인사 팀의 인식 문제가 아니라 한국 사회의 문제를 드러낸다. 기업의 여성 채용 기피 현상, 또는 여성들이 일을 포기하는 현상은 인과관계를 따져봐야 한다. 통계청에 따르면 정부의 노력에도 불구하고 결혼 후 일을 관둔 한국 여성 수가 2014년에 1.1퍼센트 증가했다. 여성이 남성과 동등한 급여를 받고 승진에도 공평한 기회가 주어진다면 육아 도우미를 구하거나 자녀들을 어린이집에 보낼 재정적 여력도 생기고, 남편도 배우자가 계속 일하길 바랄 것이며, 여성도 회사에 더 헌신할 것이다. 2003년 TNS 조사에 따르면 조사 대상 35개국 중 한국 근로자들은 애사심이 두번째로 약한 것으로 나타났다. 흥미로운 사실은 젊은 남성의 애사심은 상당히 강한 데 반해 여성과 중장년 남성 근로자의 애사심은 수치가 크게 밑돌았다는 점이다. 이들은 애사심이 없어 언제든 회사를 떠날 준비가 되어 있다. 그들 입장에서는 애사심을 키울 이유가 없다. 기업은 여성과 중장년 남성 근로자들이 애사심을 키울 수 있는 대책을 강구해야 한다. 실효성을 높이려면 정부 차원의 강제 조치가 마련돼야 한다.

골드만삭스 한국 지사는 의도적으로 남성보다 여성을 더 많이 고용한다. 나는 이를 다룬 기사를 쓴 적이 있는데, 기사에서 골드만삭스의 여성 중심 고용을 '젠더 차익 거래gender arbitrage'라고 이름붙였다. 골드만삭스 취재원에 따르면 한국 기업이 여성을 잘 고용하지 않고, 고숙련 여성을 제대로 대우해주지 않아서 경쟁할 필요도 없이 최고의 여성 인력을 뽑을 수 있었다고 한다. 골드만삭스는 가치절하된 자원을 확보함으로써 비즈니스 우위를 끌어냈다. 이 사례에서 볼 수 있듯이, 친여성정책은 사실 기업에 '비용'이 아니다. 모든 것을 좌지우지하는 아저씨들의 전횡을 방지할 수 있으므로 오히려 기업에 득이 된다.

필자는 한국의 투자회사 두 곳에서 일한 적이 있는데 두 기업 모두 여성을 대하는 태도가 골드만삭스와 사뭇 달랐다. 한 회사는 이름만 대면 다 아는 기업이고, 다른 기업은 작은 회사였는데 파산했다. 유명한 투자회사에서 일할 때는 필자가 외국인이고 영어권 화자라는 이유만으로 영어 면접에 차출되었다. 면접은 상당히 프로페셔널하게 진행됐지만, 면접까지 올라온 사람들의 성비를 보면 역시 남성의 비율이 월등히 높았다. 그중 한 여성 지원자는 외국인 손님이 많은 이태원 술집에서 일한 경험이 있어 영어 구사가 편하다고 했다. 인터뷰가 끝나자 채용 담당자는 그 지원자를 두고 분명 외국인 남자 친구를 많이 사귀었을 테니 채용하면 안 된다고 했다. 그 말 한마디로 채용 담당자는 여성 지원자와 외국인인 나를 동시에 모욕했다. 몰상식한 사람은 돌한 번 던져서 두 마리의 새를 한꺼번에 죽일 수도 있다.

작은 회사에서는 더 심각했다. 그곳에서는 명문화되어 있지는 않았지만 여성을 뽑지 않는 것이 불문율로 통했다. 짐작하건대 마초 분위기를 흐리게 하고 싶지 않았던 것 같다. 그들은 주식 트레이더 아닌가. 물론 여성 지원자들의 이력서도 들어왔다. 남자들은 모여서 이력서에 붙은 사진을 보며 외모 평가나 할 뿐이었다. "패스, 패스, 패스…… 오, 예스! 이것 좀 봐! 이 여자는 '반드시' 면접 봐야겠는데." 하지만 면접은 없었다. 어차피 남자만 뽑을 요량이었기 때문에.

이력서에 사진을 부착하는 관행을 전면 금지해야 한다. 이는 단지 여성 지원자만 환영할 일이 아니다. 외모에 고민이 많은 남성도 있으니 사실 모두를 위한 것이기도 하다. "남자 친구가 있습니까?" "아버지는 어떤 일을 하십니까?"와 같은 개인적인 질문도 금지되어야 한다. 이를 구현하기 위한 이상적인 방법은 정부에서 감시단을 구성해 지원자로 가장한 사람들이 실제로 면접을 보며 어떤 기업들이 구시대적 사고방식에 젖어 있는지 모니터링하는 것이다. 영국에서 반성차별주의 법규가 도입됐을 때처럼, 한국의 재계를 장악하고 있는 중년 남성들은 처음에는 죽는 소리를 하겠지만 결국 익숙해질 것이다. 그렇게 되면 다음 세대에서는 당연하게 받아들여지는 합리적인 관행으로 자리잡을 것이다. 그래야 맞다.

이런 주장을 하거나 여성 채용 할당제 도입을 제시하면 '페미니스트'라는 소리를 듣는다. 한국에서는 여성들조차 스스로의 이익에 배치되는 성차별주의를 내면화하고 있어 "나는 페미니스트는 아니지만……"이라고 말하는 지경에 이르렀다. 그 정도로 페미니스트라는 단어는 오염되었다. "나는 페미니스트입니다"라고 말하는 여성은 누구든 '꼴페미'로 불리며 심지어 레즈비언이라는 사실을 숨기고 있는 것 아니냐는 의심까지 받게 된다. 하지만 페미니즘이란 무엇인가? 보수주의나 사회주의와 마찬가지로, 페미니즘도 흑백논리가 아니라 다양한 형태로 존재한다. 모든 사람은 성공할 수 있는 동등한 기회를 부여받아야 한다고 믿는 남자도 페미니스트로 규정될 수 있다. 그런 정의라면 필자는 페미니스트라는 타이틀을 기꺼이 수용하겠다. 다른 모든 조건이 동등할 때, 단지 여성이라는 이유로 특별 대우를 하자는 목적이라면 여성 할당제를 지지하지 않을 것이다. 그러나 그 다른 조건이 '동등'과는 한참 떨어져 있는 것이 문제며, 불균형적인 상황을 바로잡기 위해서는 적극적인 정책을 시행해야 한다. 균형점에 도달해서 채용 문화가 바뀐다면 그때 비로소 할당제를 폐지해야 한다.

앞에서 말한 작은 투자회사에 다닐 때 알고 지내던 친구 하나는 삼성에 다니다가 결혼했는데, 임신한 뒤 회사를 관두고 결국 집에 눌러앉았다. 미국 컬럼비아 대학에서 통계학 석사학위까지 받은 친구였다. 그때 필자는 '결국 이렇게 될 거라면 화려한 학력이 무슨 소용이지?'라고 생각했다. 실용적 관점에서 보면, 친구가 받은 교육은 100퍼센트 시간 낭비, 돈 낭비다. 컬럼비아 대학에서 통계학을 공부하고 싶었지만 입학하지 못한 다른 지원자들은 결국 살림만 하고 있는 필자의 친구를 보면 화가 날 것이다. 한국의 경우, 석사학위자의 49퍼센트가 여성이다. 하지만 석사학위를 딴 여성 중 상당수는 스타벅스에 앉아 다른 심심한 엄마들과 함께 아이들 영어학원 이야기에 몰두하고 저녁 반찬거리 고민을 나눌 뿐이다. 살림을 돌보고 훌륭하게 아이를 키우는 일의 가치를 도외시하는 게 아니다. 일터에서 눈부신 활약을 할 수 있는 재원이 그 재능을 활용할 수 없는 분야에 갇혀버리는 것이 안타까울 뿐이다. 이는 어마어마한 인적 자원의 낭비다. 게다가 방과 후에도 끝없이 이어지는 한국 아이들의 하루 평균 공부 시간을 고려해보면, 엄마가 일하지 않고 24시간 아이들을 돌봐야 한다는 주장도 이 나라에는 적용되지 않는다.

여성 인력 낭비 문제는 반드시 짚고 넘어가야 한다. 현재 한국 기업의 관행이나 사회 전반적 분위기는 여성의 근로 의욕을 꺾고 있다. 골드만삭스라는 기업에 대한 평가는 사람마다 다르겠지만 그들이 영민함을 발휘해 성공적으로 여성 인력을 활용한 사실은 부인할 수 없을 것이다. 한국은 골드만삭스가 그랬던 것처럼 평가절하된 여성 인력을 활용해야 한다. 2014년 골드만삭스 보고서에 따르면 일본의 여성 경제 참여율이 남성의 경제 참여율만큼 상승한다면 GDP가 13퍼센트 증가할 것이라고 한다. 참고로 현재 일본은 한국보다 여성의 경제 참여율이 높다. 21세기 한국 경제의 새로운 경제성장 동력을 찾고 있다면 먼저 여성 경제 참여율을 높여보는 것은 어떨까?

보건과 안전

세월호 참사 이후 안전은 2014년 한 해 동안 한국 정치판을 가장 뜨겁게 달군 이슈였다. 하지만 안타깝게도 극우 세력은 이를 국민적 관심이 필요한 사안이 아닌 진보 세력이 주도한 정치적 문제로 몰아가는 데 성공했다. 그리고 안타깝게도 그 전략은 어느 정도 성공적이었던 것 같다. 광화문에서 "세월호, 아듀!"라는 피켓을 든 채, 세월호의 침몰 원인을 정확히 규명하자는 사람들을 공산주자와 동일시하는 노인 시위자들의 머릿속에서 어떤 일이 벌어지는지 필자는 도통 이해할 수가 없다. 어찌 됐든 그런 사람들이 있더라도 같은 참사가 반복되지 않게 국가적 차원에서 엄격하고 포괄적인 안전체제를 구축해야 한다.

어떻게 하면 해상을 포함해 사회 전 영역에서 안전사고를 방지해 인명 피해를 막을 수 있을까 골몰해야 할 정치권은 세월호 참사 자체와 관련 기업 오너 응징에만 몰두했다. 이를테면 범죄수익은닉 규제 및 처벌법을 '유병언법'으로 부르는 것은 비난의 화살이 번지는 것을 방지하기 위한 전형적인 '희생양 만들기' 수법 아닌가? 세월호는 탐욕과 부패가 곪아터진 결과이기도 하지만 한국 사회 곳곳에서 발견할 수 있는 안전의식 결여가 부른 비극이기도 하다. 한국에는 대충대충 법망을 피해가려는 인식이 널리 퍼져 있다. 탐욕과 부패 때문이 아니어도, 관성적으로 일을 처리하는가 하면 규제를 엄격히 지켜야 한다는 인식도 미흡하다.

한국의 열악한 도로안전 상황은 공공연한 사실이다. 한국의 도로안전 순위는 OECD 회원국 중 꼴찌에서 두번째다(꼴찌는 칠레로, 내가 아는 칠레 친구에 따르면 칠레 사람들은 "음주 운전? 난 술 취했을 때 운전 더 잘하거든'이라고 말할 정도라고 한다). 2012년 기준 한국에서 교통사고로 인한 도로 사망 건수는 6,671건으로 10만 명당 13.6명꼴이다. 또한 인구 10만 명당 8명이 산업재해로 사망한다. 과거에 비해 개선된 결과지만, 산업재해 사망자 수는 OECD 회원국 중 3위다.

이 책에서 나의 모국인 영국에 대해 비판적인 말을 많이 했지만, 영국이 제대로 하는 것이 한 가지 있다. 바로 투철한 안전의식이다. 영국의 연간 도로 교통사고는 인구 10만 명낭 3.5건에 불과하고, 산업재해로 인한 사망 건수는 인구 10만 명당 0.44건 미만이다. 이를 한국 실정에 적용하면 연간 교통사고로 인해 희생되는 5000명의 생명, 산업재해로 잃는 3500명의 생명을 구할 수 있다는 의미다. 사망자 수로 따지면 매년 28건의 세월호 사건이 일어나고 있는 셈이다. 물론 세월호 참사가 일깨워준 교훈을 축소하려는 것이 아니다. 음주 운전자가 모는 차에 치여 어린이가 사망하거나, 안전관리가 미비한 건설 현장에서 생명을 잃는 등 일상적으로 일어나는 안타까운 사고의 심각성을 환기하고 싶을 뿐이다.

영국에서는 관련 법률을 강화해 운전 중 통화나 음주 운전을 중범죄로 규정하고 지속적인 공익 캠페인을 통해 음주 운전이 도덕적으로도 수치스러운 행동이라는 점을 널리 알리고 있다. 내가 영국에서 음주 운전을 하다 잡히면 즉시 운전을 금지당하고 무거운 벌금이 부과되며 감옥까지 갈 수 있다. 1970년대까지는 음주 운전이 사회적으로 용인되는 분위기였지만 이제는 금기시되어 음주 운전을 한 사실이 드러나면 주변 친구들로부터 혐오 어린 시선을 받게 된다. 한국에서는 아직도 많은 사람이 음주 운전을 한다. 주변 친구들 중에도 상당수 있다. 한 번 이상 음주 운전 단속에 걸린 사람도 몇 명 있다. 그런데도 음주 운전은 심각한 일탈 행위로 간주되지 않는다. 또한 뒷좌석에 앉는 사람들은 거의 안전벨트를 매지 않는다. 택시 기사에게 "안전벨트는 어디 있나요?"라고 물으면 "왜요? 내 운전이 못미더워요?"라는 답을 들을 공산이 크다.

영국에서는 또한 모든 산업에 적용되는 포괄적 보건안전법이 제정되고 법의 이행을 감독하는 강력한 규제기구인 보건안전청Health and Safety Executive이 발족된 이래 지난 40년간 산업재해 수가 획기적으로 감소했다. 조사관은 정기적으로 기업 현장을 방문하고, 엄격한 법 준수를 촉구하며, 이를 위반한 기업에는 무거운 벌금을 부과한다. 보건안전청은 또한 독립적으로 운영되며 원천적으로 매수가 불가능하다. 영국의 하급 공무원은 한국에 비해 부패가 덜하기 때문이기도 하지만, 영국 사회에는 "이것쯤이야" 하며 법규와 안전에 대해 구렁이 담 넘어가듯 하는 태도가 없기 때문이기도 하다. '나 하나쯤 법규를 좀 어긴다고 사람이 다치지는 않을 거야'라는 안이한 사고방식을 가진 조사관은 없다. 기업 입장에서는 신경 써야 할 것도 많고, 비용도 늘어나기 때문에 대다수 영국 기업들도 보건안전 규제를 반기지는 않는다. 하지만 보건안전제도 덕분에 수천 명의 생명을 구했다. 보건안전제도를 통해 공익을 지킨 셈이다.

뿐만 아니라 장기적으로 비용 절감 효과도 있다. 산업재해율이 낮은 편인데도 산업재해로 야기된 생산력 저하가 영국 경제에 미치는 손실은 연간 60억 파운드(10조 4천억 원)에 이른다. 1974년 보건안전 규제

도입 이후, 산업재해율이 75퍼센트 이상 감소했으며, 그 결과 연간 약 180억 파운드(31조 2천억 원)에 달하는 사회적 비용을 절감했다.

애석하게도 데이비드 캐머런 현 총리는 공공연하게 안전보건을 죽여야 하는 '괴물'로 몰아세우고 있다. 세월호 참사 발생 한 달 전쯤 박근혜 대통령이 규제를 '암 덩어리'에 비유한 것과 유사한 맥락이다. 캐머런 총리의 발언은 물론 언론을 의식한 것이다. 영국의 우파 성향 언론은 어쩌다 발생하는 극단적인 사례를 골라내 안전 규제 전체를 조롱거리로 만들었다. 한 학교에서 안전 규제를 어길 것을 염려해 아이들을 운동장에서 뛰지 못하게 한 사례를 들어 마치 영국의 안전제도가 모두 그런 것처럼 과대 해석한 것이다. 사실 그 사례는 안전 규제와 직접적으로 연관된 것이 아니라 해당 학교의 우려가 도를 지나쳤을 뿐인데도 말이다. 보건안전 강화에 찬성하는 쪽은 안전 문제는 근본적으로 정치적 이슈가 아니며, 단기적 비용 절감 차원이 아니라 장기적으로 볼 때 안전 강화가 경제에도 유익한 조치라는 점을 설파하는 데 실패했다. 그 결과 영국에서 안전 문제는 좌파 이슈가 되어버렸다. 한국에서도 마찬가지일 것이다.

한국에서도 마찬가지일 것이라고 말한 이유는, 한국에는 안전 이슈에 충분한 관심을 기울여온 주류 정당이 없기 때문이다. 2014년 한 해 동안 세월호에 관심이 모아졌지만, 쉽게 예방이 가능한데도 일상적으로 발생하는 안전사고, 사망 사건에 대해서는 관심이 없고, 이렇다 할 조치도 없다. 하지만 앞으로 한국에도 엄격한 안전보건청을 설립하고 언론을 통해 안전 공익 캠페인을 벌이며, 유야무야식 태도를 개선할 반부패법을 엄격하게 시행한다면 상황이 크게 개선될 것이다. 현재 한국이 안전하다고 여기는 국민은 9.6퍼센트에 불과하고, 51.3퍼센트의 국민은 갑자기 빌딩이 무너지는 등의 재난을 걱정한다. 안전을 정치적으로 이용하지 않으며 설득력 있는 공약을 내세우는 정당은 물론 유권자의 표를 얻을 것이다.

우리는 제2롯데월드 공사현장에서 일어난 노동자 사망 사건의 책임자, 백혈병으로 근로자가 사망한 수원 삼성반도체, 캄캄한 밤에 빙판길임에도 총알 배달을 요구해 배달부를 죽음으로 몰고 간 중국음식점 주인, 여학생을 뺑소니치고 도로에 방치해 내상으로 죽게 한 음주 운전자를 비난할 수 있고, 비난해야 마땅하다. 하지만 궁극적으로는 정부가 나서서 제대로 규제해야 그와 같은 안타까운 인명사고를 최소화할 수 있다.

역대 한국 정부는 하나같이 안보의 중요성은 외치면서 안전은 외면해왔다. 하지만 안전이야말로 정부 존립의 핵심이다. 정부가 자국민을 보호하지 않는다면 정부의 존재 이유가 과연 어디에 있는가?

대기업 정상화

또다른 프레이밍 문제가 있다. '경제민주화'라는 말을 당장 버리고 '경제정상화'라고 불러야 한다. '민주화'라고 하면 매우 정치적인 명제로 들리고, 좌파 이미지가 떠오른다. 물론 민주화라는 단어 자체의 문제가 아니라 분열된 한국 정치 상황의 반영일 뿐이지만 말이다. 일베 회원들이 민주화를 비공감이라는 의미로 사용하는 것을 보라. 사실 한국 경제 대부분의 문제는 단순히 '정상화'가 필요한 비정상적인 상황에 기인한다. 한국 노동시장의 이중구조는 좌우의 문제로 봐야 한다. 결혼 후 일을 관두는 여성들의 경력 단절 현상을 보여주는 'M 커브', 시장을 독점하고 있는 대기업의 악습도 모두 정상화가 필요한 문제다. 보수 언론과 재계 기득권은 대기업에 방해가 되면 따지지 않고 무엇이든 좌파로 몰려고 한다. 이는 거대한 지적 사기다. 시장 원칙에 반한다는 근거로 대기업 개혁 정책에 반대하는 것은 리오넬 메시를 제일 좋아한다면서 맨체스터 유나이티드를 응원한다는 말과 같다.

한국인들은 오랜 세월 동안 미국이 궁극의 선진국이라고 세뇌받았다. 물론 필자는 미국이 궁극의 선진국이라는 생각에 반대하지만, 보수의 관점으로 미국을 동경하는 담론을 살펴보자. 미국은 경제 사범을 어떻게 다루는가? 대사기극 엔론 사태의 장본인들은 아직도 감옥에서 썩고 있다. 하지만 한화, SK, 현대자동차 등 (이 중 일부 기업 총수는 현재 감옥살이 중이긴 하지만) 한국 재벌 기업 총수들은 세금 포탈, 뇌물 수수, 사기, 폭행 죄로 기소돼도 솜방망이 처벌을 받을 뿐이며, 운 좋으면 특별사면을 받고 대통령과 함께 국제 정상회담도 개최할 수 있다. 최경환 부총리와 황교안 법무부 장관은 투자 진작과 경제 살리기라는 명분으로 기업 총수들이 지나치게 처벌받아서는 안 된다는 '기업인 선처'에 관한 발언을 하기도 했다. 마치 재벌 기업의 존립이 기업 총수에게만 달려 있다는 듯이 말이다! 이 모든 시스템은 사실상 오너 가족이 계속 경제 범죄를 저지르라고 용인하는 것과 다를 바 없다. 이는 분명히 비정상정인 상황으로, 정상화가 필요하다.

'코리아 디스카운트'의 원인은 무엇인가? 원인은 간단하며, 북한과는 관련이 없다(근래에는 북한의 핵 실험 뉴스가 떠도 코스피 지수에 미치는 영향이 미미하다). 한화, SK, 현대자동차 등에 투자를 고려하고 있다면 나라도 이런 생각을 할 것이다. '다른 조건이 같다면 이 기업의 가치는 ○○정도 될 테지만 회장은 주주의 돈을 사적 용도로 배임하고, 망해가는 계열사를 지원하는 데도 쓰고, 가치가 뻥튀기된 삼성동 땅을 사거나 아들에게 고용 승계할 가능성이 높단 말이지. 그렇다면 당연히 이 기업의 평가가치를 낮출 수밖에.' 코리아 디스카운트에 대해 외국 투자자들에게 물어보니 그들도 거의 비슷한 반응을 보였다.

문제를 일으킨 기업 총수에게 대통령 특별사면을 불허하고, 형기를 채우도록 하는 등 기업인에게 응당한 처벌을 내린다면 비정상적인 패악은 사라지고 코리아 디스카운트는 획기적으로 개선될 것이다. 현저히 낮은 주가수익률PER만 봐도 알 수 있듯이, 한국 기업의 주식은 전 세계적으로 가장 싼 주식 중 하나다. MSCI 세계지수에 따르면 2014년 코스피 상장 기업의 주가 순자산비율은 전 세계 평균보다 50퍼센트 낮은 1.05였다. 한국 기업의 지배 구조가 투명해져 한국 주식시장이 (매우 보수적으로 잡아) 10퍼센트만 가치 절상된다면 어떤 효과를 볼지 상상해보자. 이런 정상화 움직임이 주식 평가에 어떤 결과를 가져올까? 한국 주식시장의 전체 시가 총액은 1200조 원가량이므로 10퍼센트만 잡아도 120조 원이 증가한다. 국민 1인당 250만 원이 돌아가는 액수다. 국민연금이 한국 주식시장의 전체 7퍼센트에 해당하는 주식을 소유하고 있으니, 연금 수혜자들에게 8조 4천억 원의 이득이 되는 셈이다. 사실 이는 잠재적으로 얻을 수 있는 이득이 아니다. 오히려 잃어버린, 아니 도둑맞은 돈의 가치로 생각하는 것이 온당하다. 독자 여러분보다만 배쯤 부자인 사람들이 여러분 할머니의 쌈짓돈을 훔쳐가고 있는 것이다. 재벌 회장들이 국민들에게 '민영' 세금을 물리고 있는데도 한국 사회는 재벌 회장 앞에서 조아린다.

사실 필자는 재벌 해체를 바라진 않는다. 어떤 면에서는 가족 경영이 영미식 '주주자본주의'보다 낫다고 생각한다. 전문 경영인이 사업을 맡는 영미식 기업 모델에도 문제가 있다. 전문 경영인들은 장기 성과를 해치면서까지 단기 수익 목표만 맞추기를 바라는 펀드 매니저들에게 휘둘리기 때문이다. 하지만 오너가 5~6퍼센트 지분 소유만으로 거대한 그룹의 경영권을 갖는 가족 경영 행태는 분명 부정적인 인센티브를 야기한다. 부정적인 인센티브를 유발하는 사안들을 적발해 엄중하게 처벌해야 한다. 또한 재벌들이 빚을 내어 덩치를 키우는 행태를 제한해야 한다. 기본적으로 MB 정부의 정책과 반대 방향이다.

상습적 경제범죄에 대해서는 해당 그룹 해산이 사실상 가능하도록 하는 특별법 도입을 제안하고 싶다. 모든 가족 경영 재벌 기업을 주주자본주의식 전문 경영인 제도로 탈바꿈시키려는 것이 아니라 '제지' 목적으로 핵무기를 보유하는 것처럼, 기업들이 법규를 준수하게끔 위협하는 도구로 사용하자는 취지다. '재벌들은 특혜를 받고 있으니 행동 조심하시오!'라는 것이 법안의 주요 메시지다. 빨갱이 발상이 아니다. 사실 다른 주요 경제국 관점에서 보면, 심지어 우파 성향 국가의 관점에서도 저 정도 처벌은 상당히 관대하다. 한국 재벌이 미국 기업이었으면 미국 법무부가 나서서 진즉 해체하고도 남았다.

정상화 원칙은 가격 담합, 독과점, 수요 독점 등을 통한 하청 기업에 대한 갑질 등 대기업과 관련된 여타 문제에도 적용돼야 한다. 2010년

공정거래위원회는 3500건의 가격 담합 정황을 적발했지만 실제 과징금을 부과한 사례는 66건뿐이었다. 과징금 액수도 불법적으로 부당하게 올린 수익의 2~3퍼센트에 지나지 않았다. 역시나 정상적인 자본주의 관행에 반하는 비정상인 관행이다. 불법적으로 취득한 수익보다 몇 배 높은, 경감이 불가능한 의무 과징금을 부과해야 한다.

진보가 장악해야 할 이슈

야권은 '공정' '정의' 또는 '1퍼센트 국민 대 99퍼센트 국민' 등 과격하지만 대부분 빈말인 수사로 대기업과 관련된 이슈에 지나치게 '진보적'으로 보이려고 애쓰는 것 같다. 덕분에 분열을 조장하지 않는 태도로 다이어트 콜라 버전의 정의를 구현하는 새누리당은 중도층까지 싹쓸이한다. 물론 새누리당의 공약은 선거 후에 희석된다. 시간이 지남에 따라 한국 유권자들은 감정적으로 호소하는 '공정성' 이슈에 둔감해진다. 세계가치 설문조사에 따르면 불평등을 바로잡아야 한다고 믿는 한국 유권자 수가 예전에 비해 줄었다. 바로 이 때문에 대기업 개혁에 관한 주장은 감성에 기댈 것이 아니라 냉철한 경제 용어로 설명되어야 한다.

여러 가지 다른 이슈를 봐도 주류 야권은 전혀 진보에 가깝지 않다. 386 세대는 20대 젊은이들이 보수화됐다고 불만을 토로한다. 하지만 젊은이들과 실제로 이야기해보면 평균적으로 볼 때 여러 이슈에 대해 386 세대보다 훨씬 더 진짜 의미에서 진보적이라는 것을 느낄 수 있다.

북한 이슈에 대해서는 보수적인 편이지만 사회 이슈에 대해서는 확실히 더 진보적이다.

386 세대는 오로지 1980년대식 부족주의적 관점에서 봤을 때만 진정한 진보일 뿐이다. 2012년 대선을 앞두고 민주당 당사를 방문했을 때 당 대변인에게 몇 가지 기본적인 진보 정책에 대해 물었다. 동물 권리에 대한 정책은 무엇인가? 성 소수자의 권리에 대한 정책은 무엇인가? 환경 문제는? 이러한 질문은 세계 어디에서나 통하는 주요 진보 의제다. 그러나 실망스럽게도 민주당은 단 한 가지 이슈에 대해서도 시원하게 대답하지 못했다. 뚜렷한 정책이 거의 없거나 전무했다. 그도 그럴 것이 그들은 진짜 진보가 아니기 때문이다. 이제 인정하자. 하지만 젊은이들은 진보 이슈에 점점 더 많은 관심을 기울이고 있다.

한국 정치계에서 동물 권리는 아직 주요 이슈 대접을 못 받지만 동물 권리에 대한 세대 간 인식은 판이하게 다르다. 예쁜 프릴 달린 코트를 입은 반려견 사진을 끊임없이 찍는 20대가 있는가 하면 모란시장 같은 곳에서 개를 때려죽이는 사람도 있다. 개인적으로 개고기를 먹는 것 자체를 반대하지는 않는다. 호기심에 두 번 정도 먹어본 적도 있다. 하지만 잔인한 방식으로 식용 개가 도살된다는 충격적인 사실을 알고부터는 다시는 먹지 않겠다고 다짐했다. 따라서 좀더 인도적인 방식의 동물 사육이나 도살을 추진하는 정치인이 있다면 최소한 젊은 동물 애호가들은 감동하지 않을까.

채식주의, 유기농 식품 애호가로 변신하고 동물과 약자에 관심을 쏟고 있는 가수 이효리는 '좌효리'라는 별명까지 얻으며 극우파 사이에서 증오의 대상이 되었다. '좌효리'라는 호칭에는 이효리의 인기와 그녀가 젊은 사람들에게 미칠 수 있는 영향력에 대한 극우파의 두려움이 담겨 있다. 10년쯤 후에는 동물의 권리, 환경보호를 옹호하는 '개념' 연예인이 대세가 될 것임을 쉽게 예측할 수 있다. 연예인이 나서면 보통 많은 사람이 호응하고 그 뒤를 따르기 마련이다. 내가 정치인이라면 동물의 권리, 채식주의, 환경보호에 앞장서는 인물이라는 평판을 쌓기 위해 지금 당장 발벗고 나서겠다.

성 소수자 문제는 어떤가? 한국 사회에서 성 소수자의 권리는 아직 관심 밖의 이슈다. 동성애가 존재하지 않아서가 아니라 대부분의 동성애자들이 동성애를 공식적으로 밝히는 것을 겁내기 때문이다. 보수 개신교 기득권 세력은 동성애자를 인간으로 대하는 정책을 줄곧 반대해왔다. 하지만 젊은이들의 시각은 다르다. 2013년 퓨 리서치 센터의 가치 설문조사에 따르면 30세 이하 한국 성인 가운데 동성애가 '절대 정당화될 수 없다'고 생각하는 비중은 25퍼센트에 지나지 않는 반면, 50대 이상에서는 60퍼센트 이상이나 되었다. 성 소수자의 권리에 대해 가장 진보적인 시각을 가진 지역은 어디일까? 2014년 12월 한국갤럽조사연구소에 따르면 39퍼센트가 동성결혼을 지지한 경상남도가 1위, 38퍼센트를 기록한 경상북도가 그 뒤를 따랐다. 아무도 예상하지 못한 결과일 것이다. 어찌 됐든 예전에 문재인이 성 소수자의 권리 보호에 대한 반대세력에 굴복한 것은 애석한 일이다. 서울인권헌장 채택을 둘러싸고 성 소수자 단체와 갈등을 빚음으로써 지지 기반이 약해진 박원순 시장도 안타깝다. 시작은 좋았는데 말이다.

앞서 언급한 대로 필자는 한국 최초 동성애자 국회의원은 새누리당에서 나올 것이라고 예상한다. 독자들은 아마 '외국인이어서 한국을 잘 모르는 모양인데, 불가능한 발상'이라고 생각할지 모른다(내 의견에 동의하는 사람들은 항상 "정말 한국을 잘 이해하고 있네요!"라고 말하고, 나와 의견이 다르면 항상 "한국을 잘 모르시는군요"라고들 한다). 영국에서도 동성애자 국회의원은 '불가능한 발상'이라고 한 것이 그리 오래전 일이 아니다. 크리스 스미스Chris Smith 노동당 국회의원이 1984년에 커밍아웃했을 때 온 나라가 들썩였다. 국회의원이 동성애자임을 공공연하게 밝힌다는 것 자체가 충격이었다. 하지만 어느새 아무렇지 않을 일이 되었다.

1990년대 이후 노동당, 보수당 양당 모두에서 동성애자임을 밝힌 국회의원이 몇 명 나왔다. 아일랜드는 역사적으로 매우 보수적인 가톨릭 국가인데도 현재 게이 대통령을 두고 있다. 정치는 변한다. 문화도 시간이 흐르면서 바뀐다. 설문조사에 따르면 인식 변화가 가장 빠른 부문은 동성애 문제로 나타났다. 물론 젊은이들이 인식 변화를 주도하고 있다. 진보 정치인들은 조용기 같은 기업화된 교회 목사들 앞에서 꼬리를 내릴 것이 아니라 보다 평등한 동성애자 권리보호정책을 들고 나와야 한다. 사실 개신교의 로비는 성 소수자들에게 오히려 득이 되는 것 같다. 보수 기독교 세력이 정치적으로는 힘이 있을지 모르지만 대다수 한국인들은 부자, 꼰대, 대형 교회를 짜증스럽고 위선적인 존재로 생각한다. 보수 기독교 단체가 성 소수자 권리보호 움직임에 발악하고, 증오를 퍼부으며 결사 반대함으로써 성 소수자 문제를 공론화하고 있다. 보수 기독교의 강경한 태도 때문에 합리적인 사람들은 오히려 성 소수자 권리를 수용하는 쪽으로 마음이 기우는 것 같다.

필자가 정치인이라면, 곧바로 동성애 결혼을 합법화하는 정책을 추진하기보다는 반차별 법안 입법을 추진하거나 동성애 커플을 법적으로 인정하는 것부터 시작하겠다. 동성애 커플 네트워크를 지원하는 재정을 마련하고, 군대에서 시행되고 있는 반동성애 법규 등의 무효화를 먼저 추진하며, 동성애에 대한 인식이 개선되면 한발 더 나아갈 것이다. 민주 사회에서 큰 변화를 꾀하고자 할 때는 점프하기 전에 먼저 내 편을 충분히 확보해야 한다. 필자보다 똑똑한 누군가가 "정치는 가능성의 예술이다"라고 말한 바 있다.

다른 정책들

마무리하기에 앞서, 한국에 도움이 될 만하며 유권자 확보에도 불리하지 않을 10가지 정책 아이디어를 공유하고자 한다. 대부분 '진보적'인 제언으로 볼 수 있다. 몇 가지는 이미 들어봤음직한 당연한 것들이고, 몇 가지는 황당하게 들릴지도 모른다.

지니계수 목표치 설정:

목표치를 설정해 GDP와 인플레이션 등을 관리하듯, 소득분배의 불평등도를 나타내는 지니계수도 목표치를 정해 불평등의 심화를 막고, 목표치보다 지니계수가 높아지면 재분배정책을 시행해 안정을 꾀하자고 제안해보는 것은 어떨까? 부자들을 가난하게 만들자는 것도 아니고, 야심이 많아 남들보다 열심히 살겠다는 사람들의 의욕을 꺾자는 것도 아니다. 실질 GDP 성장이 제로 이상이기만 하면, 어쨌든 더 잘살게 되어 있다. 지니계수 목표치 설정은 빈곤층이 더 빈곤해지는 것을 막는 안전장치일 뿐이다. 또한 불평등이 심화될수록 약해지는 사회 통합을 강화하는 일환이기도 하다(물론 진정한 진보가 되기 위해서는 지니계수를 제자리에만 묶어놓을 것이 아니라 지니계수를 더 낮추어 상황을 뒤집어야 한다). 예를 들어 세금을 활용할 수 있다. 부자들이 정직하게 토지세 또는 자산세를 내도록 하는 것은 어떤가. 일정 기준 금액 이상의 토지나 자산을 소유한 사람들에게 그 가치의 일정 비율을 세금으로 징수하도록 하는 것이다. 땅만 쥐고 앉아서 지갑을 불리며 아무 일도 하지 않는 사람들을 대상으로 한다. 몇몇 운 좋은 땅 주인들은 난개발 시대에 땅값이 치솟아 복권 당첨에 버금가는 불로소득을 얻었다. 이 때문에 실제 주거 목적으로 집을 사려고 하는 사람이나 창업을 하느라 땅이 필요한 사람들에게 피해를 입혔다고 생각한다. 이는 피하기 어려운 세금이다. 졸부에게 부여하는 세금 징수를 마다할 유권자가 얼마나 될까?

토지 용도 구획법:

한국에서 가장 볼썽사나운 광경 중 하나가 바로 아름다운 호숫가에 자리잡은 싸구려 성곽 모양의 러브호텔이다. 또는 이미 화장품 가게로 즐비한 인사동에 새로 문을 연 화장품 가게다(이 가게들은 고객을 끌어들이려고 끔찍한 음악을 귀가 떨어져나가게 틀어대기도 한다). 피맛골이나 북촌 등이 자취를 감추는 것도 씁쓸하다. 이런 행태를 멈추게 하는 건 어떨까? 러브모텔 사장이나 올리브영, 토니모리 오너가 아니라면 누구나 토지 용도 구획법에 동의할 것이다. 진정한 의미에서의 보수주의자라면 공감할 수 있는 사안이다.

집단소송제:

증권시장에서 발생하는 각종 불법행위나 소비자 소송에만 적용되는 집단소송제를 의료과실, 산업재해, 질병 등 신체적 피해를 야기한 사안에도 확대 적용하는 것은 어떨까? 부패 또는 가격 담합으로 인한 재정 손실이나 직장 내 여성 차별 같은 사안에 집단소송제를 도입하는 방안 역시 생각해봄직하다. 집단소송제 확대 적용을 공약으로 내세운다고 엄청나게 많은 표를 얻을 것 같지는 않지만, 그렇다고 많은 표를 잃을 것 같지도 않다. 집단소송제를 확대 적용하면, 권력층이 무모하게 위험천만한 행동을 하거나 우월적 지위를 휘두르는 것을 방지할 수 있을 것이다.

의제 강간 연령 상향 조정:

성인이 미성년자를 성적으로 착취하고 학대하고도 불합리한 현행법 때문에 처벌받지 않는 것은 말이 되지 않는다. 미성년자라도 합의하에 성관계를 가지면 처벌할 수 없는 법안 때문인데, 현행법으로는 그 기준이 만 13세다. 이 나이 기준을 상향 조정해야 한다. 또한 성범죄 전반에 대한 처벌을 강화해야 한다.

시내 주행 속도 제한:

도시·수도권 지역 내 속도 제한을 시속 60킬로미터에서 50킬로미터로 하향 조정하자. 호주 멜버른에 있는 모나시 대학의 사고연구센터에 따르면 속도 제한을 60킬로미터에서 50킬로미터로 낮추면 사고가 나더라도 탑승자의 생존율이 높아지고, 전체 교통사고율도 감소할 뿐 아니라 배출가스도 줄이며, 목적지에 도착하는 시간에 미치는 영향은 미미하다. 최근 미국 뉴욕 시는 도시 전역의 주행속도를 시속 30마일 (48킬로미터)에서 25마일(40킬로미터)로 대폭 낮추는 방안을 도입했다.

공영 공항과 철도 문제:

민영화된 철도는 경쟁력이 없다. 어차피 철도 노선은 한 종류뿐이다. 서점에서는 지루해 보이는 다니엘 튜더의 책 대신, 조국 교수가 쓴 책을 살 수는 있지만 철도는 선택권이 없다. 서울에 공항을 몇 개나 더 지을 생각인가? 영국의 경우 공항과 철도를 민영화한 뒤 서비스의 질은 아주 조금 개선되고 교통운임은 해를 거듭하며 치솟았다. 심지어 네덜란드 국영철도회사Abiello가 자국 철도 이용객을 위한 보조금을 지급하기 위해 영국에 '프랜차이즈' 철도를 공동 운영하며 수익을 올리는 우스꽝스러운 상황에까지 이르렀다. 또한 부패로 얼룩진 한국의 과거를 떠올려보면, 공항과 철도 민영화를 추진했을 때 공익을 우선한 운영이 가능하리라 보는가? 필자가 정치인이라면, "민영화는 언제나 나쁘다"고 발언하면서 '빨갱이' 딱지를 자처해서 달지는 않을 것이다. 그보다는 이성적이고 경제학적인 주장을 통해 특정 부문은 공영으로 남기는 게 최선이라는 메시지를 전달할 것이다.

아이들에게 운동장과 쉬는 시간을 보장하라:

필자는 어렸을 때 방과 후에 하루도 빼놓지 않고 친구들과 두 시간씩 축구를 하면서 놀았다. 한국 아이들은 미친 듯이 공부하거나, 컴퓨터 게임을 하거나 둘 중 하나인 것 같다. 최근 무표정하고 비만인 아이들이 눈에 많이 띄는 것도 놀랍지 않다. 한국 아이들은 시험 잘 치는 법은 알지만 다른 사람들과 어떻게 어울리는지는 터득하지 못한 채 학교를 졸업한다. 과히 건강해 보이지도 않는다. 학교 체육 시간을 늘리고 아이들이 안전하게 뛰놀 수 있는 체육관이나 공원 수를 획기적으로 늘리는 전국적인 운동을 시작해보자. 다른 학교 아이들, 특히 사회적 배경이 다른 아이들도 함께 뛰놀 수 있는 유소년 스포츠 팀을 조직하는 사람에게는 지원금을 제공하자.

'칼퇴근' 기업에 법인세 경감:

직원들이 고용계약서에 명시된 시간에 퇴근할 수 있게 하는 기업에는 법인세를 경감해주자. '합리적인 고용주'를 선발해서 시상하고 수상 기업을 널리 홍보하자. 야근 문화가 사라질 때까지 이 제도를 유지하자. 좌우를 막론하고 이 제안에 결사 반대할 이유가 없을 것이다. 사실 근로시간과 생산성 간에는 역의 상관관계가 성립된다. 근로시간이 줄어들면 시간당 생산량은 오히려 증가한다. 그리스인들은 연간 2000시간을 일하고 독일인들은 연간 1400시간을 일한다. 하지만 독일은 그리스 대비 70퍼센트 이상 더 많이 생산하고, 당연히 경쟁력도 높다. 다른 복잡한 요소들도 작용하겠지만, 솔직히 말해서 밤 11시까지 회사에 있는다고 얼마나 더 많은 일을 하겠는가?

대중교통에 성형외과 광고 금지:

대중교통 광고판은 짭짤한 수입원이다. 하지만 성형 광고는 멀쩡한 사람들도 어딘지 못생기고 못난 존재로 느끼게 한다. 그런 성형 광고에 끊임없이 노출되는 것보다 기분을 더 망치는 것이 또 있을까? 서울시를 비롯한 많은 도시는 왜 거기에 합세하는가? 어느 지자체든 재정 확보는 중요한 문제겠지만 시민들의 정신건강도 이에 못지않게 중요하다. 여러분은 어떤가? 지하철에서 성형 광고가 사라지면 다시 보고 싶어하시겠습니까?

중병 환자가 이용할 수 있는 무료 공공병원 설립:

한국은 가벼운 질병에 대해서는 놀라울 정도의 의료 시스템을 자랑하지만, 중병에 걸린 빈곤층(심지어 중산층조차)이 받을 수 있는 의료 혜택은 얘기가 다르다. 왜 한국에서는 암 보험에 가입하는 사람이 그리 많은가? 한국에 오기 전에는 한 번도 그런 보험 상품을 들어본 적이 없다. 또한 현 시스템은 민영 병원이 과잉 진단하고 약을 과잉 처방하도록 부추기는 소지가 분명히 있다. 도움도 안 되는 약을 더 팔려고 임종을 뻔히 앞둔 환자에게 헛된 희망을 주는 병원 이야기를 한 번쯤 들어봤을 것이다. 한국에는 공공병원이 턱없이 부족하다. 최빈곤층과 중병 질환자를 위해 제대로 된 공공병원을 짓는 것부터 시작하자. 이러한 시도는 빈곤층을 돕는 것은 물론 아픈 사람들이 다시 제 발로 딛고 일어서 사회의 생산적인 일원으로 복귀할 수 있도록 도와주는 노력의 일환으로 제시되어야 한다.

: 맺음말_우리 자신의 목소리는 어디에 있는가

2014년에 이 책의 대부분을 썼다. 후반부 역시 2014년에 쓴 것을 바탕으로 2015년에 다시 고친 것이다. 사실 2015년에 두 번이나 수정했다. 정치가 그렇다. 특정 내용을 쓰면 금방 상황이 바뀌어 시의성이 떨어지곤 한다. 과녁이 계속 움직이면 명중은커녕, 그 근처를 맞추는 것조차 힘들다. 사건 사고가 발생하고 분위기가 바뀌며 새로운 것은 금세 옛것이 되고 만다.

이 책을 집필할 때 나는 박근혜 정부가 얼마나 망가질 수 있는지를 과소평가했다. 집권 여당인 새누리당이 일반 유권자 눈에 차선책이라는 이미지를 유지할 수 있을 거라고 추측했는데, 최근 벌어진 일련의 사태를 보아하니 내가 틀린 것 같다. 세월호 1주기가 지난 지 얼마 되지 않은 시점인 2015년 4월 말에 이 글을 쓰고 있다. 세월호 참사는 한국 사회의 중요한 전환점이 되어야 한다. 안타깝게도 그럴 가능성은 높아 보이지 않지만 새누리당이 시험대에 오른 것만은 분명해 보인다.

한국 정치가 이를 계기로 경쟁력을 회복할 수 있을까? 필자는 회의적이다. 공멸로 치닫는 두 기성 정당에 더이상 표를 던질 가치가 없어 보인다. 만일 '무응답'이란 정당이 있다면 매우 높은 지지율을 확보할 것이다. 하지만 실제 선거에서는 새누리당이 승리를 이어갈 것이다. 2015년 4월 29일 재·보궐선거 결과를 보고 그 믿음이 너 굳어졌다. 재·보궐선거는 민심을 잃은 집권 여당을 심판할 수 있는 절호의 기회였다. 최근 끊이지 않는 추문과 과오로 새누리당의 지지율이 크게 떨어졌는데도 새정치연합은 또다시 전패했다. 이런 상황에서는 새정치연합이 대통령 선거에서 이기는 것은 고사하고 과반수 의석을 확보하기도 요원해 보인다.

오히려 정부 여당의 악재는 한국 정치의 현 상황을 영속화하는 데 기여할지도 모른다. 일련의 사태에도 새누리당이나 박근혜의 지지 기반이 꿈쩍도 하지 않았다면 우리는 지금쯤 새정치연합을 대체할 대안 세력에 대한 논의를 하고 있을지도 모른다. 안타깝게도 새정치연합이 과거를 되풀이할 수 있는 기회가 다시 열리고 말았다. 네거티브 선거에 몰두하고 더 나은 사회를 위한 설득력 있는 비전을 제시하지 못해도 새정치연합은 다시 2등 자리를 차지할 것이다.

반면 변화를 원하는 보통 사람들은 계속해서 무력함을 느낄 것이다. 하지만 인터넷 시대에 사는 유권자는 그 누구도 무기력하지 않다. 인터넷의 등장으로 톱다운식 커뮤니케이션이 아닌 쌍방향 커뮤니케이션이 가능해졌을 뿐만 아니라 뜻이 맞는 사람들이 뭉쳐 함께 운동을 전개할 수도 있게 되었다. 2013년 '안녕들 하십니까' 대자보 열풍은 대학가를 시작으로 오프라인을 뜨겁게 달구었다. 반면 지금까지 인터넷이 사회적인 운동 전개 용도로 의미 있게 활용된 예는 별로 없었다.

법적 권위가 아닌 '권위 있다'고 인식되는 모든 유형의 권위에 대한 지나친 경외심, 톱다운 사고방식 등이 팽배해 기술이 우리에게 약속하는 잠재적 기능을 충분히 활용하지 못하고 있는 것이 사실이다. 그러나 이제는 인터넷을 새로운 민주주의의 장으로 만들어보면 어떨까. 영향력 있는 사람이 나서서 "제가 하는 이야기만 듣지 말고, 우리 모두 함께 나서서 온라인 그룹을 조직하고, 다같이 논의합시다"라고 말하면 된다.

이탈리아는 한국보다 덜 민주적일 뿐 아니라 부패도 높다. 그런 이탈리아에서 5성운동이 돌풍을 일으켰고, 스페인에서도 기존 정치체제에 대한 저항을 기반으로 신생 정치세력 포데모스가 등장했듯이 풀뿌리 운동은 정치권을 뒤흔들고 민주주의에 활기를 불어넣을 것이다. 특정 유권자 집단이 통째로 정치권에서 외면당하고 분노하고 있는 현 시점에서 한국은 5성운동과 같은 웹 기반 풀뿌리 운동이 촉발되기에 가장 적합한 후보지라고 생각한다. 하나같이 스마트폰에 시선을 고정하고 있는 전철 안의 사람들을 생각해보라. 5성운동의 정강을 도입하라는 뜻은 아니다. 다만 5성운동과 유사한 방식으로 정치, 사회 운동이 조직되고 운영되기를 바란다.

필자는 이와 같은 분권 정치 움직임이 한국에서 일어날 것이라고 믿는다. 그때가 도래하면 완전히 다른 유형의 인물들이 정치권에 참여하게 될 것이다. 필자는 그들을 '진보적 프로페셔널'로 명명하고자 한다. 이들은 기성 정치세력, 정부, 법조계, 학계와 연관이 없고 정치나 사회 이슈에 개혁 성향을 가진 '보통' 직업을 가진 사람들일 것이다. 지적이고 진실하고 기성 정치에 진력난 사람들이 전국 방방곡곡에서 모인 다른 사람들과 만날 수 있다. 이들은 구세주가 필요하지 않다. 스스로의 목소리를 찾을 때다.

　　　　　"정치란 함께 사는 기술이다."

　　얼마 전 즐겨 듣는 팟캐스트에 출연한 정치학자가 한 말이다. '함께 사는 기술'이라는 정의에 나도 모르게 무릎을 치며 깊이 공감하지 않을 수 없었다. 싱가포르 같은 도시 국가든 미국 같은 연방제 국가든 한 사회는 이를 이루는 구성원의 다양한 이해관계로 얽혀 있다. 이를 잘 조정하지 않으면 발전은 고사하고 사회를 유지하기조차 어려울 것이다. 우리 정치 현실은 과연 어떤가? 최근 정치권에서 일어난 일련의 사태에서 다시 한 번 확인했듯이 한국 사회에서 정치는 함께 사는 기술이라기보다 나 혼자, 또는 우리끼리 잘살기 위해 수단과 방법을 가리지 않고 권력이나 이권을 쟁취하는 기술에 더 가까운 것 같다. 이를 지켜보는 국민들은 막장 정치판이라며 끌끌 혀를 찰 뿐이다. 그래서인지 우리네 일상생활에서 정치 이야기는 쏙 빠져 있다. 학교나 일터에서도, 가정에서도 정치는 기피 소재다. 정치에 관심이 많아 시사 주간지를 챙겨보고 정치 팟캐스트도 꼬박꼬박 듣는 나도 사회생활에서는 되도록이면 내 '본색'을 드러내지 않으려고 한다. 그렇게 우리 사회는 점점 함께 사는 기술을 잃어가고 있는 게 아닌가 싶다.

이 책에서 저자 다니엘 튜더는 우리 스스로 인정하고 싶지 않은 한국 정치와 사회의 맨얼굴을 보여준다. 정치인이 새겨야 할 내목도 있지만 성숙한 시민으로서 해야 할 일을 제시하는 데 주력한다.

친구로서 지난 몇 년간 지켜본 다니엘은 주관이 뚜렷하고 개성이 강한 자칭 '4차원' 인물이다. 필요할 때는 직언도 아끼지 않지만 한편으로는 여리고 남 앞에 나서기를 꺼려하는 수줍음이 많은 친구다. 애정이 담겨 있다 해도 타인에게 따끔한 조언을 하기는 쉽지 않다. 이역만리에서 온 이방인으로서 한국 정치와 사회에 일침을 가하는 것은 더욱 그러했을 터다. 그저 포기하고 침묵해버릴 수도 있었을 텐데 그는 그러지 않았다. 머리를 싸매고 고심하면서 건설적인 제언을 해주었다.

참, 한 가지 덧붙이자면 다니엘은 내가 아는 어떤 한국 사람보다 한대수의 〈행복의 나라로〉와 신중현의 〈미인〉을 신명나게 잘 부른다. 이토록 한국을 아끼는 영국 청년 다니엘 튜더의 책을 독자 분들께 권하고 싶다.

더 나은 세상을 꿈꾸는 독자라면 분명 얻는 게 있을 것이라고 감히 말씀드리고 싶다.

송정화

익숙한 절망 불편한 희망

1판 1쇄 2015년 6월 8일
1판 8쇄 2016년 1월 15일

지은이 다니엘 튜더 ㅣ 옮긴이 송정화 ㅣ 펴낸이 염현숙

기획·책임편집 구민정 ㅣ 편집 이현미 ㅣ 독자모니터 민병기 오용수
디자인 고은이 이주영 ㅣ 저작권 한문숙 박혜연 김지영
마케팅 정민호 이연실 정현민 김도윤 양서연 ㅣ 홍보 김희숙 김상만 한수진 이천희
제작 강신은 김동욱 임현식 ㅣ 제작처 한영문화사

펴낸곳 (주)문학동네
출판등록 1993년 10월 22일 제406-2003-000045호
주소 10881 경기도 파주시 회동길 210
전자우편 editor@munhak.com ㅣ 대표전화 031)955-8888 ㅣ 팩스 031)955-8855
문의전화 031)955-1933(마케팅) 031)955-2671(편집)
문학동네카페 http://cafe.naver.com/mhdn ㅣ 트위터 http://twitter.com/munhakdongne

ISBN 978-89-546-3646-9 03840

www.munhak.com